Clare Pollard
Delphi

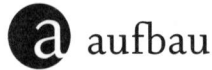 aufbau

CLARE POLLARD
DELPHI

Roman

Aus dem Englischen
von Anke Caroline Burger

 aufbau

Die Originalausgabe unter dem Titel
Delphi
erschien 2022 bei Fig Tree,
an Imprint of Penguin Books Ltd.,

Anmerkung:
Alle in diesem Roman vorkommenden
Personen sind frei erfunden.

MIX
Papier | Fördert
gute Waldnutzung
FSC® C083411

ISBN 978-3-351-03971-4

Aufbau ist eine Marke der
Aufbau Verlage GmbH & Co. KG

1. Auflage 2023
© Aufbau Verlage GmbH & Co. KG, Berlin 2023
Copyright © 2022 by Clare Pollard
Einbandgestaltung
Satz LVD GmbH, Berlin
Druck und Binden CPI books GmbH, Leck, Germany
Printed in Germany

www.aufbau-verlage.de

Für Hannah

Kassandra: [Schrei] [Schrei] [Schrei] [Schrei]

Anne Carson

Theomantie: Weissagung durch Vorhersage der Zukunft

Ich habe die Nase voll von der Zukunft. Die Zukunft steht mir bis hier. Sie soll mir vom Hals bleiben, ich will nichts mit ihr zu tun haben.

Mit so viel Zukunft war früher niemand konfrontiert. Ich meine, soweit die Menschen sich die Zukunft vorstellen konnten, war sie der Vergangenheit sehr ähnlich: Ernte, Herbstanfang, Schnee, erste Knospen an den Bäumen. Die Menschen wurden älter und starben, aber der Kreislauf begann immer wieder von vorn. Jetzt müssen wir mit einer ständig steigenden Flut an Zukunft leben, die über alles drüber schwappt, Städte und Landstriche mit sich reißt, und dann sind wir schon da, und es ist Zukunft – die Dystopie aus Überwachungsstaat, Videoanrufen, VR-Brillen, dank Globalisierung weltweiten Viruspandemien, 24-Stunden-Nachrichten, KI, Artensterben, Genveränderung, Zusammenbruch der Zivilisation usw. usf.

Und so kommt es, dass ich mich unglaublicherweise spät an einem Winterabend in der Küche wiederfinde, wo ich meinem Mann schrill ins Gesicht zische: *Ich weiß nicht mal, ob unser Sohn überhaupt lang genug lebt, um erwachsen zu werden.*

∼

Etwas kann wahr sein, auch wenn es sich melodramatisch anhört.

In Delphi sprachen die Götter durch ein Orakel. Delphi liegt in Griechenland, am Hang des Parnass. Der Sage zufolge versuchte Zeus, die Mitte von Gaia – griechische Erdgöttin, Mutter Erde – zu bestimmen, ließ zwei Adler an den Enden der Welt losfliegen, und sie trafen sich in Delphi. Der Punkt, an dem sich ihre Flugbahnen von Westen und Osten kommend kreuzten, wurde zu Gaias Nabel ernannt, manchmal auch als »Omphalos« bezeichnet – Mittelpunkt der Welt.

Delphi war also ursprünglich ein Gaia gewidmetes Heiligtum, aber dann tötete Apollon den Drachen Python (vom Verb *pythō*, »verwesen«) und stahl ihm sein Land. Um diesen Raub zu legitimieren, wurde ein Apollontempel über dem tiefen, gezackten Spalt errichtet, in den er die sterbende geflügelte Schlange geworfen hatte. An genau dieser Stelle saß später die Pythia, die ihren Namen vom Verwesungsgestank des Drachen erhielt – das berühmte Orakel von Delphi. Der Sitte nach war die Priesterin eine ältere, arme Frau, was wir heutzutage als »in den besten Jahren« bezeichnen würden. Eine Frau, die ein normales Leben geführt hatte, aber bereit war, sich von Mann und Kindern loszusagen. Um ein unbeschriebenes Blatt zu werden, ein Instrument, ein Medium.

Vor dem Orakelspruch bedurfte es eines Omens: Ein Oberpriester besprengte eine junge Ziege mit eiskaltem Wasser. Blieb sie ruhig, fiel das Orakel an diesem Tag aus, und die Ratsuchenden mussten einen Monat später wiederkommen. Zuckte die Ziege zusammen, wurde sie als Opfertier geschlachtet und auf dem Altar verbrannt. Der aufsteigende Rauch zeigte an, dass das Orakel im Einsatz war.

Danach fastete die Pythia und nahm ein Bad in einer Quelle, um kultisch rein zu werden. Wahrscheinlich wurden zur Reinigung auch Lorbeerblätter verbrannt oder von ihr gekaut. In einen violetten Schleier gehüllt, wurde sie in das dunkle Höhlenheiligtum geführt und auf einen goldenen Dreifuß über dem Spalt im Boden gesetzt. Ob sie Herzklopfen hatte? Ob sie Angst hatte? Die Räumlichkeiten waren niedrig und dunkel, und die Pythia zitterte, wenn die Verwesungsgerüche des Drachen aufstiegen. Die süßlich riechenden, berauschenden Dämpfe versetzten sie in Trancezustände, in der ihr die Gliedmaßen nicht länger gehorchten.

Ihre Stunde war gekommen, wenn sie über dem Abgrund saß. Apollon bewegte ihren Kiefer, den dicken Zungenklumpen, und sprach durch ihren Mund – mit brüllender Männerstimme wütete und bellte sie.

Der Historiker und Schriftsteller Plutarch schrieb die Ekstasen des Orakels von Delphi dem *pneuma* zu, dem Atem aus dem Felsspalt. Plutarch berichtete, die heilige Seherin habe wie ein Segelschiff im Sturm ausgesehen.

Vermutlich waren es die Dämpfe aus dem Untergrund, die betäubend auf sie wirkten – Äthan, Methan und Äthen, ein schweres, über den Boden kriechendes Betäubungsmittel. Und dann geschah das Wunder: die Zukunft ergoss sich aus ihrem Mund …

Theia Mania: Weissagung aus göttlichem Wahnsinn

Der Philosoph Thomas Hobbes vertritt die These, der zwanghafte Wunsch, in die Zukunft zu blicken, entstamme unserer Angst vor Tod, Armut oder andersgeartetem Unheil: Die Angst nage an uns wie der Adler an Prometheus' Leber.

Ich bin mir da nicht so sicher. Teenager zum Beispiel verschlingen Zeitschriften über Stars und Promis, weil sie die Zukunft herbei*sehnen*. Wenn wir jung sind, besuchen wir die Handleserin und wollen hören, dass wir starke Männer mit dunklen Locken und viel Geld finden werden – wir wollen uns ausmalen, dass Liebe, Abenteuer und ein guter Beruf auf uns warten, wenn wir erwachsen sind. Prophezeiungen sind eine Art des Träumens, mit denen wir die Zukunft ein bisschen näher rücken lassen. So empfand ich zumindest früher meine Träume. Ich führte ein Traumtagebuch, am Bett hatte ich ein Wörterbuch zur Traumdeutung liegen. Ich schaffte mir Tarotkarten an und versuchte mein Glück sogar mit ein paar Zaubersprüchen, als könne ich die Zukunft auf diese Weise beeinflussen. Am einfachsten ist angeblich der Glamour-Zauber, aber meine Nase ist krumm, und ich habe Haare auf den Armen, das mit der Magie scheint bei mir also nicht sonderlich gut geklappt zu haben.

Viel weiß ich nicht über meinen Vater, aber ich weiß, dass er von sich behauptete, hellseherische Fähigkeiten zu besitzen. Haben mich Orakel deswegen immer wieder angezogen? Vielleicht liegt es mir im Blut. Mein Vater starb, als ich zwei war, ich habe also keine Erinnerungen an ihn. Angeblich war er sehr witzig – einer der Männer, die man als »Stimmungskanone« bezeichnet. Bei Partys unterhielt er die Menschheit mit Handlesen. Als er die Hand meiner Mutter las, sagte er: Du wirst mich mal heiraten. Er trank sich absichtlich zu Tode. Er wolle nicht aufhören, sagte er – er wusste, dass er sich mit der Sauferei umbringen würde, muss es in seinem Innern gespürt haben, aber er entschied sich, weiterzumachen, weil es so vorherbestimmt war. Als könne er die Götter sowieso nicht an der Nase herumführen. Eine Art Self-Fulfilling Prophecy, vermute ich, wie bei dem italienischen Astrologen Girolamo Cardano, der Selbstmord beging, um zu beweisen, dass seine Vorhersage, er würde im Alter von sechsundsiebzig Jahren sterben, stimmte.

∼

Hellseherei lässt sich mehr oder minder in drei Kategorien unterteilen.

Retrokognition: Wissen über vergangene Ereignisse, das nicht aus Schlussfolgerungen oder Erinnerungen besteht; eine Form der »Nachhersage«.

Fernwahrnehmung: die parapsychologische Wahrnehmung aktueller Ereignisse außerhalb der natürlichen Möglichkeiten.

Präkognition: die Fähigkeit, zukünftige Ereignisse vorherzusagen.

13

Krösus, der König von Lydien, entsandte Boten zu sieben Orakeln. Jedes sollte am selben Tag befragt werden, was der König in diesem Augenblick gerade machte. Die Pythia in Delphi verkündete: »Ich zähle die Sandkörner am Strand, ich vermesse das Meer; ich verstehe die Tauben und höre die Stimmlosen.«

Dann gab sie zutreffend bekannt, der König koche sich gerade einen Kessel voll Lammfleisch mit Schildkröte. Diese Weissagung würde ich unter Fernwahrnehmung einordnen.

Am dringlichsten wurden Orakelsprüche jedoch für die Präkognition gesucht, trotz der Tatsache, dass die Prophezeiungen zum größten Teil als Ausdruck der göttlichen Absichten verstanden werden müssen. Berühmte Proklamationen wie »Die Liebe zum Geld wird Sparta zu Fall bringen« oder »Wenn du den Fluss überschreitest, wirst du ein großes Reich zerstören« lassen sich mit anderen Worten so verstehen, dass die Götter sagen: »Tu, was wir dir befehlen, sonst kriegst du es mit uns zu tun.«

Insofern handelte es sich strenggenommen eigentlich nicht um Vorhersagen. Die Orakel übermittelten vielmehr Informationen über die Pläne der Allmächtigen, die allerdings zugegebenermaßen mit einer solchen Wahrscheinlichkeit eintreten würden, dass man sie leicht mit Prophezeiungen verwechseln konnte. Es war, als würde man Männer hinter geschlossenen Türen belauschen, wie sie sich vor einer Wahl verabreden, zu hacken und zu leaken, Schwarze Frauen aufs Korn zu nehmen und mit Falschinformationen zuzuschütten, wie sie X erpressen, Y das Wahlrecht wegnehmen, und schon weiß man, dass sich ihre Wünsche bewahrheiten werden. *Eine große Demokratie wird zu Fall kommen.*

Sich solche Dinge anzuhören, scheint die Menschenwesen verrückt gemacht zu haben. Göttlicher Wahnsinn, von Platon als *Theia Mania* beschrieben. In manchen Quellen heißt es, aus dem Mund der Pythia seien in Wirklichkeit unverständliche Geräusche gekommen, die von den Priestern in Hexameter »übersetzt« wurden. Die Rädchen der Propagandamaschinerie darf man nicht außer Acht lassen. Ich als Literaturübersetzerin halte es für sehr wahrscheinlich, dass man die Bedeutung verändert hat, damit es ins Versmaß passte, ganz zu schweigen vom beabsichtigten Zweck dieser Übersetzungen. Sprache ist immer Macht. Von Platon ist auch überliefert: »Wer die Geschichten erzählt, regiert die Gesellschaft.«

Hieroskopie: Weissagung aus Eingeweiden

Ich recherchiere Zeichendeutung im antiken Griechenland für mein nächstes Buch, hoffentlich. Es soll eine altertumswissenschaftliche Abhandlung werden mit mehreren Kapiteln über den Wandel in der Darstellung Kassandras, die Bedeutung der Astrologie und so weiter. In der Wikipedia heißt es dazu: »Wegen der starken Nachfrage nach Orakelsprüchen und der eingeschränkten Arbeitszeiten der Orakel stellten diese im antiken Griechenland nicht die wichtigste Quelle der Divination dar. Diese Rolle wurde von den Sehern und Seherinnen ausgefüllt.« Die Wikipedia ist natürlich keine angemessene Quelle für akademische Aufsätze, aber die Wortwahl bringt mich zum Schmunzeln: die »eingeschränkten Arbeitszeiten der Orakel.«

Die Seher standen nicht im direkten Kontakt mit den Göttern. Nichts Monströses, Funkelndes durchströmte sie. Sie lasen einfach die Zeichen wie Aushilfselektriker, die zu einem in die Wohnung kommen, um festzustellen, was mit den Leitungen nicht stimmt. Seher waren zahlreicher und leichter zugänglich, weil sie nur eine Basisdienstleistung im Angebot hatten: Sie beantworteten Fragen nur mit Ja oder Nein. Oft mussten sie mehrere Opfertiere schlachten, bis eine eindeutige Antwort feststand.

Leberschau. Weissagung aus Eingeweiden.

In *Elektra* behauptet Euripides, Prometheus habe den Sterblichen die Gabe zum Lesen aus Eingeweiden geschenkt, ein Frevel, für den Zeus ihn bestrafte. Für die *hiera*, die Leberschau, wurde ein Schaf auf dem Platz der Zusammenkunft geschlachtet, dann stocherte der Seher im dunklen Spiegel der Schafsleber auf der Suche nach einer Antwort: Die Größe der beiden Leberlappen wurde inspiziert, nach einem Fluss oder einer Straße gesucht, einer Vertiefung oder einem Loch im glatten, zitternden Organ. Bekannt waren außerdem die Rituale der Sphagia, oft in der Nähe eines Schlachtfelds – einer jungen Geiß wurde die Kehle aufgeschlitzt, dann wurden ihre letzten, torkelnden Schritte beobachtet, die Art, wie Blut und Exkremente verspritzten.

Daraufhin kratzte sich der Seher am Kopf und sagte: *Hmm, das ist knifflig.* Die Frage war immer: Gewinne ich die Schlacht?

Rhapsodomantie: Weissagung aus Dichtung

Der Mann, den ich in meiner Kindheit »Dad« genannt habe, war ein schniefender Perverser namens Steve. Meine Teenagerjahre verbrachte ich mit dem Hass auf die Gegenwart: den Sportunterricht, den Katzenfuttergeruch in unserer Küche, die Scheidung meiner Mutter von Steve, meine Mutter, die sich die abartige *Jerry Springer Show* anschaute und dabei Unmengen von Keksen in sich reinstopfte, die Freundinnen, mit denen ich nichts gemeinsam hatte, die australischen Soaps, das unterbelichtete Denken der Jungs.

Aber in der sechsten Stunde hatten wir Latein, obwohl ich nicht auf einer Privatschule war. Mythen und Sagen hatte ich immer schon geliebt, hatte alle Claudius-Bücher von Robert Graves verschlungen. In Deutsch war ich die Beste meiner Jahrgangsstufe und galt als sprachbegabt. Wir hatten eine wunderbare Lateinlehrerin, Mrs Sykes, eine magere Kettenraucherin mit heiserer Stimme, die grundsätzlich schwarz trug. Lustvoll las sie uns Ovid und Catull vor und erzählte uns Storys von den Römern, die ihre Kleidung in Urin gewaschen und Flamingos gegessen hätten.

Irgendwie sah es so aus, als hätten die drei Parzen mir einen Glücksfaden gesponnen. Ich weiß noch, dass ich die Tarotkarten befragte, ob ich mit meiner Bewerbung für

Klassische Philologie in Oxford durchkommen würde, und die Antwort war ja.

Als ich dann meinen Studienplatz am New College ergattert hatte, litt ich anfangs unter Minderwertigkeitsgefühlen, da ich so offensichtlich nicht aus einem wohlhabenden Elternhaus stammte (obendrein kam ich aus Barnsley!). Aber ich war in meiner Zukunft, und sie war so hundertprozentig anders als mein bisheriges Leben, dass ich nicht anders konnte, als sie zu genießen. Meine Hautunreinheiten verschwanden, und ich besorgte mir eine nach Rosen duftende Creme für die Oberlippe, um meine Härchen zu entfernen. Ich fühlte mich auf einmal attraktiv – in der neuen Umgebung war ich keine Streberin mehr, sondern sozusagen ein ungeschliffener Diamant! Wenn ich mit selbstzufriedenen älteren Männern Collegeport süffelte, machte es mir Spaß, sie mit meinen Arbeiterklasseallüren zu schocken, meiner Art, immer frisch von der Leber weg zu reden. Ich schlief mit Jungs und Mädchen in holzgetäfelten Zimmern, und der Hausdiener kam auf Zehenspitzen rein, um die Mülleimer auszuleeren. O witziger, unbekümmerter Mark, dessen Eltern ein Bootshaus besaßen; der deutsche Austauschstudent, der Gewichtheben machte und in meinem Mund kam; Pandora mit dem teuer gestylten Haar, das sie so wunderbar beiläufig hochsteckte, ohne auch nur in den Spiegel zu schauen …

Ich war begeistert von der Bibliothek, dem Magazin, den Leseräumen der Klassischen Philologie. Den Weidenbäumen. Von der Pimm's-Limonade mit kleinen Obststückchen darin. Am meisten begeisterten mich die griechischen Tragödien. Das Wort »Tragödie«, τραγῳδία, bedeutet »Bocksgesang«. Ich liebte die Chorpassagen, die

Katharsis. Der tote Bruder, der unbegraben auf dem Schlachtfeld liegt, die langen, goldgetriebenen Brustspangen in Iokastes Kleid. Medea, die mithilfe der »Mechane« im Sonnenwagen des Helios entschwebt. Der Schrei der Kassandra: *Aieeeeeee!*

Im letzten Semester kam ich mit Jason zusammen, der auf eine schon fast klischeehafte Art gut aussah: kräftiges Gesicht, starkes Kinn, große Männerhände. Goldenes Haar – weil er groß war, beugte er sich in meiner Vorstellung immer über mich, und das Licht durchleuchtete sein Haar. Damals war er sportlich und muskulös, rannte und ruderte ein bisschen. Ein sanfter, freier Blick, selbstironischer Witz; außerdem wusste er immer, wo es eine Party gab. Seit Neuestem arbeitete er auch als DJ – House, UK Garage, Tanzmusik –, und ich erinnere mich noch an das intensive Kitzeln, wenn er mir ins Ohr schrie; knochenerweichende Küsse, die nach Wodka und Energy Drinks schmeckten. Wir vögelten im langen Gras am Flussufer unter dem Sternenzelt, und ich fühlte mich wie Demeter, die die Nacht mit Jason verbringt. »Ich liebe dich«, sagte er und dann meinen Namen. Ich bekam das Gefühl, alles sei vorherbestimmt.

In jenem letzten Oxfordsommer trug ich kurze Haare und ein lila Ballkleid und lief nach Sonnenaufgang barfuß nach Hause, die Füße voller Blasen von den High Heels. So viel Sekt. Jeder streichelte jeden in den ersten, reinigenden Sonnenstrahlen.

Genethialogie: Weissagung aus dem Geburtsdatum

Die Vergangenheit ist immer schöner als die Gegenwart.

Entropie ist das Fortschreiten von Ordnung zu Unordnung.

Seit dem Urknall ist alles immer nur unordentlicher geworden.

Der Zweite Hauptsatz der Thermodynamik besagt, innerhalb eines abgeschlossenen Systems könne die Entropie nur zunehmen. Aus diesem Grund kann sich die Zeit auch nur vorwärtsbewegen.

Alles kann nur komplizierter und beschissener werden.

Ich trinke kalt gewordenen Kaffee, klicke auf *Bewusstsein könnte ein Nebeneffekt der Entropie sein, sagen Forscher: Was ist, wenn der Informationsgehalt des Gehirns durch Unordnung größer wird?* Vielleicht wird uns die Zukunft ja immer klarer, je tiefer wir in sie eindringen.

Vielleicht ist das unser Fluch.

Seit Neuestem fürchte ich die Zukunft. Ich werde dieses Jahr fünfundvierzig und unterrichte seit einem Jahrzehnt Klassische Philologie in Teilzeit an einer guten Uni, ich habe mehrere preisgekrönte Romane aus dem Deutschen übersetzt, mein Name wird in den Besprechungen allerdings nur selten erwähnt. Vermutlich stehe ich auf dem Höhepunkt meiner beruflichen Laufbahn. Aber meine Jobs sind beide unterbezahlt, mit wenig Anerkennung verbunden und davon abhängig, dass ich aus Liebe zur Sache viele Stunden gratis arbeite. Als ich jung und für jeden Auftrag dankbar war, hat mir das nichts ausgemacht, aber inzwischen wird es mir immer stärker bewusst.

Tarotmantie: Weissagung aus dem Tarot

Ich versuche, dankbar zu sein für das, was ich habe.

Mein Sohn Xander ist eine der großen Segnungen meines Lebens, auch wenn er jetzt mit zehn fast nur noch beim »Gamen« ist. Die halblangen dunklen Locken klemmt er sich hinter die Ohren (er geht nicht gern zum Friseur), seine Finger tanzen rasend schnell über das Tablet. Xander leidet seit der Geburt an Ekzem und Allergien und fühlt sich unwohl in seinem Körper – ich weiß noch, dass er oft in seinem Babykörbchen lag, wie am Spieß schrie, als würde er lebendig gekocht, und mit seinen Kratzfäustlingen in die Luft boxte. Nur die Onlinewelt scheint ihm Erleichterung zu verschaffen. Aber seine Lehrerinnen sagen, er sei höflich und gut in Mathe und Kunst. Ich liebe seinen trockenen Humor und seinen sanften, braunäugigen Blick.

Momentan arbeitet Jason sehr viel, für eine Stiftung, und kümmert sich nicht um seine Gesundheit. Er hat Fett angesetzt, und sein Gesicht ist irgendwie röter geworden, die Haut gröber, das Haar lichter – aber er ist ein gutmütiger Kerl, immer gut drauf, lädt ständig Leute zum Essen ein, legt Platten auf, hat irgendetwas Schönes in Planung. Mehrmals im Jahr fahren wir nach Italien oder Ibiza und trinken Wein auf einer weiß verputzten Terrasse, schnorcheln im blassgrünen, sonnenerhellten Wasser. Wie er eine große, klebrige Garnele mit den Fingern auseinandernimmt oder sich aufs Fritto Misto stürzt und sagt: *So lässt sich's leben.*

Wahrscheinlich zähle ich jetzt zur Mittelschicht, auch wenn ich mich nur ungern so bezeichne – es ärgert mich, wie die Mittelschicht in den Medien immer mit Privatschulen, Ferienhäusern, Kindermädchen, Putzfrauen gleichgesetzt wird, diesem ganzen privilegierten Scheiß, den ich mir noch nie leisten konnte, und aus meiner Familie auch niemand. Ich bin im Grunde Teil des hochqualifizierten Prekariats, das es kaum aufs britische Durchschnittseinkommen bringt. Aber wir besitzen im Gegensatz zu meinen jüngeren Kolleginnen ein eigenes Häuschen mit Gästezimmer, wir können uns Essen nach Hause bestellen und uns Wein für acht Pfund die Flasche leisten. Nachts lastet das Gewicht meines Glücks auf mir.

Besser wird es nicht mehr. Irgendwann bin ich alt und werde immer weniger. Und die Welt wird auch immer weniger. Ich habe keine Ahnung, wie lange mein Fachbereich noch besteht. Was für Jobs es überhaupt noch geben wird, wenn Xander erwachsen ist. Wie viele Urlaubsreisen ins Ausland uns noch bleiben. Wie viele Fische in dem blassgrünen Wasser dann übrig sind. Ich bin mir unsicher, was ich anstreben soll. Auf was ich mich freuen soll.

Als ich mein Deck das letzte Mal gemischt und mir ein Tarot gelegt habe, wollte ich schwanger werden, mit Xander. Ich sagte: Die letzte Karte, was kommen wird, und es war die Zehn der Kelche.

Hier, das ist es.

Unter dem Regenbogen ein Mann und eine Frau, er hat

ihr den Arm um die Taille gelegt. Sie stehen in einem wunderschönen Garten: zwei Kinder, ein Junge und ein Mädchen, tanzen vor Freude Ringelreihen.

Erfüllung, Sattheit, vollendete Herzensruhe.

Ich hatte gehofft, die Karte würde zwei Kinder bedeuten, aber das trat nicht ein. Sie war eine Fehlgeburt, meine Tochter. Aber diese Leseweise war immer zu wörtlich. Ein gutes Leben habe ich trotzdem. Vielleicht ist es besser so, kein zweites Kind zu haben, das vielleicht genauso an Hautekzem und Atemnot gelitten hätte. Bei der kleinsten Nuss macht das Herz in meiner Brust einen Sturz ins Leere. *Mit der Geburt eines Kindes beginnt der Schmerz.*

Dabei haben wir es doch rundherum gut: Privilegien, Garten, Zuhause, Familie. Ich müsste mit dem zufrieden sein, was ich habe. Aber ich muss immer wieder an das

Ende von *König Ödipus* denken: »Der Erdgebor'nen preise niemand glücklich, eh er nicht, ganz von Leid unange-fochten, an des Lebens Ziel gelangt.«

Warum bin ich dann so unzufrieden, will mein Glück wegwerfen, wenn ich es doch eigentlich unangefochten mit ins Grab nehmen könnte? Warum will ich eine Affäre, abhauen, meinen Job kündigen, irgendwas Drastisches?

Weil sonst nie wieder etwas passiert.

Ovomantie: Weissagung aus dem Eierorakel

Im selben Augenblick, in dem ich zum ersten Mal von dem Virus höre, weiß ich: Das hat es auf uns abgesehen. Ich spüre, wie es näherkommt. Ich fange an, jede halbe Stunde aufs Handy zu gucken. »Jetzt mach dich doch nicht verrückt«, meint Jason, als ich ihm die Nachrichten vom Fischmarkt in Wuhan vorlese. Menschen werden in China vor den Krankenhäusern abgewiesen und zum Sterben in Wohnungen gesperrt.

»Nie im Leben können wir an Ostern nach Griechenland fahren, das kannst du vergessen«, sage ich zu Jason. Die Flüge habe ich schon vor Ewigkeiten gebucht. Ich will nach Delphi, da war ich noch nie, dann eine Woche Urlaub in Galaxidi, in einer Taverne am Meer sitzen, Kaffee und Ouzo trinken.

»Jetzt übertreibst du aber.«

»Tu ich gar nicht.«

»Wie, du meinst, Reisen wird dann einfach ›verboten‹, oder was? Wie soll das denn gehen? Ich meine, wenn man das Virus nicht auf ein Land begrenzen kann, ist es doch auch egal, oder? Sobald es sich ausgebreitet hat, ist es überall, oder etwa nicht?«

»Ich vermute, der Urlaub muss offiziell abgesagt werden … die Regierung muss das Fliegen verbieten, damit wir unser Geld zurückkriegen.«

»Ja ja … das passiert auf gar keinen Fall, also reg dich wieder ab, okay?«

Eine Woche später ist das Virus in Italien, auf Skihütten, in Flugzeugen. Meine Vorahnung erweist sich sehr bald als richtig. Das ist enttäuschend, aber auch ein wenig aufregend, weil endlich etwas passiert. Eigentlich finden es alle ziemlich aufregend. Wir sind so schrecklich gelangweilt von unserem Plastikleben, jetzt verändert sich wenigstens etwas, Geschichte wird gemacht.

Die Leute stürzen sich in Panikkäufe. Die Deutschen haben ein Wort für das Anlegen von Vorräten: *Hamsterkauf*. Als wären die Menschen kleine Hamster, die sich das Essen für später in die Backen stopfen. Insgeheim macht mir dieses bizarre Verhalten richtig Spaß, verschafft mir ein kleines High. Anfangs lege ich eher zufällige Funde in den Einkaufswagen: eine Packung Halumi, eine Dose Bohnen, tiefgefrorenen Spinat. Dann komme ich in Fahrt. Fünf Packungen Makkaroni, einmal TK-Fisch, britisch, div. Sorten, eine ganze Palette Eier (die ich in der Cateringabteilung zweckentfremde, sonst sind im ganzen Laden keine Eier mehr zu haben). Ich bin ein guter kleiner Hamster. Jason kauft drei Chorizos und eine Flasche Wodka.

Und dann ist das Virus schon ganz schnell viel zu nah. Auf dem Spielplatz erzählt mir eine Mama, deren Kind im Karussell sitzt und an der Metallstange lutscht, sie kenne privat eine Ärztin, die sei überzeugt, bis Monatsende hätten sich alle angesteckt. Ein Freund schickt mir eine SMS, er kriege keine Luft und habe schreckliche Bauchschmerzen; der Krankenwagen sei gekommen, habe ihn aber nicht mitnehmen wollen. Die Sanitäter hätten ihm geraten, sich flach in der Küche auf den Fliesenboden zu legen. In unserer Straße stirbt eine junge Schwarze Frau, weil ihr Fall nicht ernstgenommen wurde. Gerüchteweise heißt es, wenn man im Krankenhaus anrufe, kriege man zu hören: Komm nicht, du kannst ja noch sprechen. Ich erinnere mich, dass sie das vor Xanders Geburt auch zu mir gesagt haben; das Ganze klingt wie eine fürchterliche Umdrehung der Geburtswehen. Erst wenn die Lippen blau anlaufen, darf man anrufen.

Nachts heulen die Sirenen: *Aieeeeeee!*

Ophthalmomantie:
Weissagung aus den Augen

»Ich mache mir Sorgen um Xander«, sage ich zu Jason, der gerade in der Küche damit beschäftigt ist, Wein einzuschenken. »Wegen seines Asthmas.«

»Aber angeblich können Kinder gar kein Covid kriegen, oder?«

»Woher will man das so genau wissen? Er ist nicht gesund. Das sagen sie doch immer, wenn die Zahl der Toten bekanntgegeben wird: ›Litten an Vorerkrankungen‹, erhöhtes Risiko, blabla.«

»Aber was sollen wir denn tun?«, erwidert Jason. »Ich bin nicht richtig scharf darauf, ihn aus der Schule zu nehmen; ich meine, ganz ehrlich: Wer soll sich um ihn kümmern? Das kann noch wochenlang so gehen. Ich habe Ende des Monats eine Deadline.«

»Ich weiß, nur …«

Am nächsten Tag werden die Schulen geschlossen, und damit ist die Sache für mich eindeutig: Es ist besser so. Ich kann ihn beschützen. Keine quälenden Entscheidungen. Endlich keine Alpträume von Klassenkameraden mehr, denen vom Frühstück noch Erdnussbutter an den Fingern klebt. Ich kann unser Haus einen Monat lang in ein Nest verwandeln, bis es vorbei ist. So bekommt er wenigstens keine Läuse. In den Nachrichten höre ich das Wort *abschirmen*.

In anderer Hinsicht stelle ich hingegen fest, dass ich mir mehr Sorgen mache als vorher: Ob ich vor meinen Kolleginnen kompetent genug wirke, ob Xander sich gut entwickelt. Die Zahl der Todesfälle macht einen wilden Satz nach oben. Der Lockdown dehnt sich immer weiter vor uns aus, wird länger und länger. Ein paar Wochen später weigert sich Xander, ein Buch anzufassen, als wisse er, dass er mir, seiner büchervernarrten Mutter, damit besonders wehtut. Vom Desinfektionsmittel werden seine Hände wund, von der vielen Seife werden seine Hände wund. Im Frühstücksfernsehen wird erklärt, man solle seine im Internet georderten Lebensmittel zweiundsiebzig Stunden lang in einem abgeschlossenen Raum aufbewahren und dann jede Frucht einzeln abwaschen. Leicht hysterisch fährt Xander mich an: »Du wäschst unsern Einkauf nicht gut genug ab, du doofe Kuh!« Noch vor wenigen Jahren hätte er sich in seinem Einteiler an mich gekuschelt. *Meine schöne Mama.* Jetzt schläft er nicht mehr genug, unter den mürrischen Augen hat er dunkle Ringe.

Seine verdammte Schule erleichtert die Sache nicht gerade, die Lehrer tun fast nichts und schicken nur Arbeitsblätter mit Wortsuchrätseln darauf. Unser Drucker ist kaputt, deswegen muss ich die bescheuerten Wortsuchrätsel von Hand abschreiben, bevor ich mit meiner eigenen Arbeit anfangen kann. Über das christliche Wort mit »Er« am Anfang, das gesucht wird, muss Xander lachen. Er sagt: »Wahrscheinlich glaube ich eher an Götter als an Gott, Mum.«

Ständig müssen Mahlzeiten zubereitet werden. Ständig kratze ich Nudeln unten aus dem Topf. Während ich koche, spielt Xander Roblox auf dem alten iPad, dessen Bildschirm von den vielen Fingerabdrücken trübe ist wie das Wasser der Lethe. Sonst spielt er Fortnite mit den Kopfhörern auf, wenigstens redet er dabei mit Freunden, allerdings höre ich häufig irgendwelche Kraftausdrücke. Oder er guckt sich YouTube-Videos von erwachsenen Kindsköpfen an. Wenn er anderen Leuten beim Zocken zusieht, hat er vermutlich die maximale Entfernung von der Realität erreicht.

»Warum spielst du nicht ein bisschen Schlagzeug?«, sage ich zu ihm. Als ob das mehr mit der Wirklichkeit zu tun hätte.

»Soll das ein Witz sein?«, brüllt Jason von oben aus dem Arbeitszimmer herunter, wo er den Luxus genießt, den ganzen Tag arbeiten und mich gleichzeitig belauschen zu können. »Ich habe gleich einen Zoom, und außerdem haben wir Nachbarn! Du willst allen Ernstes, dass er jetzt trommelt?«

Bildschirmlicht. Blaues Bildschirmlicht. Xander lässt den weichen Gummiball, auf dem er zur Ablenkung von seinem Ekzem seit Jahren herumdrückt, überhaupt nicht mehr aus den Fingern. Das Gummiding pulsiert wie ein aus dem Körper gerissenes Organ, als sei es mein Herz, das er da in den Fingern hält.

Stichomantie: Weissagung durch willkürlich ausgewählte Textzeilen

Und ich starre auch auf den Bildschirm, natürlich. Meine Augen laufen über vom blauen Licht. Ich habe sogar eine Theorie zum Internet – dass es eine durch den Bedeutungsverlust der Religion entstandene Leerstelle gefüllt hat. Jahrhundertelang hat sich die Menschheit ständig beobachtet gefühlt, von oben, und dieses Gefühl hat sogar den kleinsten Handlungen eine gewisse Bedeutung verliehen. Und dann hat eine Zeit lang niemand mehr von unserem Leben Notiz genommen. Niemand hat hingeguckt, und wir fühlten uns trivial und unbedeutend, den Launen der desinteressierten Welt ausgeliefert. Deswegen wollten wir auch unbedingt im Reality-TV auftreten – damit wir von irgendjemandem gesehen werden. Und jetzt haben die sozialen Medien diese Leerstelle gefüllt. Kein fieser Tweet, versprechen sie, wird ungelesen und ungestraft bleiben. Gutes wird mit »Likes« und aufbauenden Mandela-Zitaten belohnt, oder mit Katzenfotos. Unser gesamtes Leben, archiviert und erinnert – immer schauen sie zu, die sozialen Medien, sehen hin, folgen uns. Retten uns.

Während der Pandemie interessieren sich auf einmal eine Menge Leute für Nostradamus. In den sozialen Medien verbreitet sich ein Meme über eine Königin (Corona), die in einem Zwillingsjahr (2020) im Osten

(China) den Thron besteigt. Facebook muss das Meme mit einem Warndreieck als Fake News kennzeichnen. Es ist witzig, dass Nostradamus immer noch so viele Anhänger hat. Schon zu seinen Lebzeiten lag er mit seinen Vorhersagen ziemlich oft daneben. Als er 1555 in Frankreich seiner Gönnerin, Königin Caterina de' Medici, begegnete, prophezeite er ihr Frieden, aber schon zwei Jahre später gab es Bürgerkrieg. Er behauptete, ihr Sohn Charles würde neunzig Jahre alt werden, aber er starb mit vierundzwanzig. Da Nostradamus eine derart große Zahl vager prophetischer Vierzeiler produzierte – mindestens 6338 Prophezeiungen insgesamt –, blieb über kurz oder lang doch etwas Mist an der Wand kleben.

Wie es scheint, benutzte Nostradamus ein Potpourri verschiedener Techniken, vermengte Astrologie mit einer Vielzahl prophetischer Bücher und einem guten Schuss kreativer Freiheit. Neueste Forschungen deuten darauf hin, dass er Stichomantie angewendet haben könnte – er wählte willkürlich ein geschichtliches oder prophetisches Buch und stützte seine Weissagung auf die Zeilen oder Verse, die er sah, als das Buch sich öffnete. Einer seiner raffiniertesten Schachzüge war es, die Prophezeiungen undatiert zu lassen. Bei einer Vorhersage ohne Datum kann prinzipiell nie bewiesen werden, dass sie falsch ist, da die Zeit ja unendlich ist.

Es wird behauptet, Nostradamus habe den Flugverkehr korrekt vorhergesagt (»Menschen werden durch den Himmel reisen«), das Große Feuer von London (»Das Blut der Gerechten wird in London einen Fehler begehen, verbrannt durch den Blitz von zwanzig Dreien und Sechs«), die Spanische Grippe (»Es wird im schrecklichen

Kampf, der sich im Westen anbahnt, im folgenden Jahr die Pestilenz kommen. Groß, so schrecklich, dass Alte, Junge (und) Tiere im Blut (sein werden)«) und den Aufstieg von Hitler (Nostradamus nennt ihn »Hister«). Vielleicht sogar Nine-Eleven, wenn man nicht zu genau hinguckt (»Zwei Stahlvögel werden in der Metropole vom Himmel fallen, der Himmel brennt bei fünfundvierzig Grad Breite, Feuer nähert sich der großen neuen Stadt. Sofort springt eine riesige, zerstreute Flamme auf.«)

Mit Seuchen kannte er sich auf jeden Fall gut aus. Die Pestilenz war ihm geläufig. Nostradamus kam ursprünglich als Apotheker zu Ruhm, weil er eine »Rosenpille« gegen die Pest entwickelt hatte. Dann starben ihm Frau und zwei Kinder bei einem Pestausbruch 1534 weg. Ist das hier Nostradamus' Vorahnung von Covid-19? »In den schwachen Listen großes Unglück durch Amerika und die Lombardei. Das Feuer im Schiff, Pest und Gefangenschaft.« Amerika und Italien, Pest und Gefangenschaft. Sind das die Kreuzfahrtschiffe, die keinen Hafen mehr anlaufen durften, weil bei ihnen die Pest an Bord tobte?

Diese Kreuzfahrtschiffe. Ich sage voraus, dass garantiert irgendjemand einen sehr guten Film darüber macht, wie sich Covid-19 mit rasender Geschwindigkeit in einem Luxusdampfer ausbreitet.

Fructomantie: Weissagung aus Obst

Die vielen zur Verfügung stehenden Informationen machen es einem heutzutage sehr schwer, sich selbst zu mögen. Wenn man früher als Tochter Respekt oder als Mutter Großherzigkeit bewies, sich für das Gemeinwesen engagierte und am Altar seiner Wahl Opfer brachte, konnte man wahrscheinlich davon ausgehen, dass man ein guter Mensch war. In der globalisierten Welt hingegen gibt es nur wenige Konsumgüter oder Handlungen, die nicht irgendwo auf der Welt Leiden verursachen – wie der sprichwörtliche Schlag eines Schmetterlingsflügels. Wenn ich das Licht anschalte, einer Freundin einen Kaffee ausgebe, ein T-Shirt anziehe, meinen Sohn mit dem Auto von der Schule abhole, Himbeeren außerhalb der Sommersaison kaufe, eine Talkshow anschaue, in der keine Schwarzen vertreten sind – mit praktisch jeder Alltagshandlung trage ich zum Elend der Welt bei. Wenn gut sein bedeutet, keinem anderen Schaden zuzufügen, dann lebe ich in einem System, in dem Gutsein unmöglich geworden ist.

Dafür gibt es ein schönes deutsches Wort: *Weltschmerz*. Das Leiden an der Welt. *Ich habe Weltschmerz.* Und ich weiß, dass ich Schuld trage am Elend der Welt. Meistens versuche ich, nicht daran zu denken. Wenn ich in der Plastiktüte abgepackte Äpfel kaufe, weil sie billiger sind, verbiete ich mir das Denken. Das ist für mich wie Meditieren.

Aber seit dem Beginn der Pandemie habe ich fast das Gefühl, als würde sich etwas verändern. Ich sauge derart viele Nachrichten in mich auf, dass ich mich endlich mal wieder wie ein guter Mensch fühle. Schuldlos, als sei es für das Leben aller entscheidend, dass ich mich ständig durch den *The Guardian* Coronavirus Live-Ticker scrolle: Dass ich den Überblick behalte über die Lage in Hongkong, Brasilien, die Massengräber im Iran, die überfüllten indischen Krankenhäuser, an denen Patienten abgewiesen werden. Alle Ereignisse sind vorherbestimmt, in dem Sinn, dass sie vom Vorhergehenden verursacht werden. Anfang des neunzehnten Jahrhunderts stellte sich Pierre-Simon Laplace vor, ein »Dämon«, der über alle Dinge und ihre Verbindungen perfekt Bescheid wisse, könne auch die Zukunft perfekt vorhersagen – die Welt sei deterministisch.

Auf eine etwas idiotische Art und Weise versuche ich wahrscheinlich, dieser Dämon zu werden. Wenn ich nur ausreichend Schlagzeilen lese, wird die Zukunft klar vor meinem inneren Auge entstehen.

Das Internet ist mit einem Mal voller Verschwörungstheorien, vielleicht, weil viele andere auch versuchen, eins und eins zusammenzuzählen. Sabotageakte gegen 5-G-Funkmasten. Bill Gates will uns bei der Impfung Mikrochips einpflanzen. Ich höre immer öfter von Pizzagate – der Verschwörungstheorie, der zufolge Pizzabestellungen in einer beliebten Washingtoner Pizzeria, die in den gehackten E-Mails von John Podesta, Kampagnenmanager von Hillary Clinton, auftauchen, in Wirklichkeit Codeworte für einen Kinderhändlerring sind. QAnon. Eine ganze Bewegung, die glaubt, dass Mitglieder eines elitären Geheimbunds ein Verjüngungsserum aus dem Blut von

Kinderopfern gewinnen, um damit ihr eigenes Leben zu verlängern und ein »intensives, exotisches« High zu erleben. Irgendjemand behauptet, auf der Festplatte eines Laptops, der dem Ehemann der Hillary-Clinton-Vertrauten Huma Abedin gehört, sei ein Beweisvideo aufgetaucht. In dem Video seien Huma Abedin und Hillary Clinton dabei zu sehen, wie sie einem Mädchen das Gesicht abreißen und als Maske benutzen, bevor sie sein Blut trinken.

Das Video heißt *Frazzledrip*. Frazzledrip! Die absurde Parodie eines dionysischen Ritus. Maskierte Mänaden in einer Ekstase des Grauens. Dionysos, der wahnsinnige Fresser rohen Fleischs. Die im Netz zirkulierenden Maskenbilder sind offensichtlich gefälscht, verschaffen ihren Betrachtern aber trotzdem ein »intensives, exotisches« High, und die Angefixten wollen mehr. Ihr Slogan lautet: »Rettet die Kinder«.

Aber merkwürdig ist es schon, dass Kinder nicht am Virus erkranken, oder etwa nicht?

Ich meine, diese Krankheit kommt nicht aus dem Labor, für diesen Quatsch gibt es keinerlei Anzeichen – aber *wenn* sie aus dem Labor käme, dann hätte man sie doch genau so hergestellt, dass sie die Alten und Schwachen umbringt und die Kinder verschont. Man stelle sich nur mal vor, welche Hysterie ausbrechen würde, wenn *Kinder* vom Virus betroffen wären. Die Welt dreht wegen ausgedachter entführter Kinder am Rad. Was wäre, wenn wir wirklich glaubten, dass unsere Kinder sterben, in echt? Das Chaos muss man sich nur mal ausmalen. Wir würden absolut alles glauben.

Emonomantie: Weissagung
aus Insekten

Motten sind metaphorisch sehr ergiebig.

Die Klamottenläden haben alle geschlossen, deswegen hole ich die Kleider vom letzten Jahr aus dem Schrank. Sie sind übersät von kleinen Fraßlöchern. Alles bleibt beim Alten, nur ein bisschen schlimmer. Das Motto dieses Jahres.

Für uns überraschend galten Kleidermotten im alten Mesopotamien als Zeichen, dass es der Besitzer des Hauses zu einer wichtigen Stellung bringen würde.

Eigentlich müssten mir Motten zusagen, rede ich mir gut zu. Ich habe mich immer schon für Fragmente interessiert. Für Fetzen. Für durchlöcherte Texte und die Bedeutsamkeit des Übriggebliebenen. Kann man sich etwas Schöneres als Anne Carsons Sappho-Übersetzung vorstellen?

of gold arms [
]
]
doom
]

Und entsprechend auf Deutsch:

goldener Waffen[
]
]
Verhängnis
]

Katoptromantie: Weissagung aus Spiegeln

Dieses Weltuntergangsgefühl. Es gibt einen Orakelspruch der Pythia von Delphi, der mir einfach nicht aus dem Kopf will: »Viele Tempel der Götter verzehrt er mit flackernden Flammen; / Jetzt schon stehen sie da, vom Schweiße der Angst übergossen, / zitternd und bebend vor Furcht, und hoch von den Zinnen der Tempel / Rinnt ein schwarzes Blut und kündet das kommende Unglück. / Fort aus dem Heiligtum hier! Erhebt eure Herzen im Unglück!«

Trauernde Straßen. Der Spielplatz ist abgesperrt: eine Kette um das Klettergestell, auch die Schaukelsitze fehlen. Vor dem Sainsbury's hat sich die Schlange einmal um den ganzen Parkplatz gewickelt. Jeden Tag werden die Namen der toten Ärzte, Krankenschwestern, Busfahrer und Supermarktkassiererinnen verlesen.

Aber gleichzeitig scheint alles so normal. In seinem Zimmer sagt Xander: »Alexa, spiel ›Happy‹.«

Jason fährt mit dem Finger über den staubigen Spiegel und fragt: »Wie kann das sein, dass wir mehr zu Hause sind und trotzdem weniger putzen?«

Wir gucken unglaublich viel TV. Serien bis zum Abwinken. Viel anheimelnd Altvertrautes, dazu *The Crown* und *Tiger King*. In vielerlei Hinsicht kann man als Schriftstellerin den Lockdown gar nicht richtig darstellen, weil das ständige Hintergrundrauschen der Filme und Fernsehshows fehlt. Sechs Stunden und fünfundzwanzig Minuten am Tag. Fünfundvierzig Stunden pro Woche. Man könnte einen ganzen Absatz über die endlosen Serien auf den Streaming-Kanälen schreiben, aber das würde nie den vollen Umfang des Ganzen erfassen – was es bedeutet, mehr als sechs Stunden am Tag in künstlichen Welten zu leben, in denen man nichts berühren oder riechen und nicht eingreifen kann, in denen man nur zusieht, wie das Drehbuchschicksal mit Menschen umspringt, die unsere Warnungen nicht hören können, bevor man abends zum Fernsehprogramm wechselt und den Parlamentariern dabei zusieht, wie sie bei der täglichen Pressekonferenz Bullshit erzählen und uns vormachen, wir hätten nicht die meisten Infektionen in ganz Europa, bevor wir schnell wieder zu Netflix umschalten.

Darüber hinaus kann die Schriftstellerin auch nicht festhalten, was es bedeutet, über sechs Stunden am Tag vor der Glotze zu sitzen und dabei gleichzeitig aufs Handy zu schauen, Mails und WhatsApps zu lesen oder nach einem Zeitfenster fürs Online-Shopping Ausschau zu halten; Doomscrolling; nahtloser Übergang von den täglichen Todesfällen zu *Killing Eve* zu Amazon Prime, ohne dass man seinen Partner je auch nur eine Minute um Unterhaltung zu bemühen braucht. »Psst«, sagt Jason, wenn ich versuche, bei einer Sendung dazwischenzureden. »Ich will das hören.«

Alles, was früher mal nicht auf dem Bildschirm war, ist jetzt auf dem Bildschirm. Sport ist auf dem Bildschirm. Die Läden sind auf dem Bildschirm. Meine Mum ist auf dem Bildschirm. Ich fange an, Italienisch mit Duolingo zu lernen. Ich sehe mir online Theaterstücke an. Leute tweeten Bilder von sich als berühmte

Kunstwerke: Tizian, Goya, Botticellis *Geburt der Venus*. Bekannte posten Bilder von ihrem Bananenbrot, endlose langweilige, beigefarbene Scheiben. Ich scrolle mich durch Regenbögen, bis mir die Finger abfallen.

Ich denke an die Priesterinnen, die den Kranken in Patras ihr Schicksal weissagten, indem sie einen Spiegel am Seil hinabließen in Demeters Brunnen.

Im Silicon Valley gehen die Profite steil nach oben. Diese Krankheit kommt nicht aus dem Labor, das weiß ich, für diesen Verschwörungshumbug gibt es keinerlei Anzeichen – aber *wenn* sie aus dem Labor käme, dann hätte man sie doch genau so und nicht anders gemacht: Dass wir gezwungen werden, unser gesamtes Leben ins Internet zu verlegen, damit die Daten aus unseren Interaktionen gemolken und Vorhersagen an dunkle Mächte verkauft werden können, wie wir uns verhalten werden, bevor wir selbst etwas davon ahnen. An die Mächte mit der ewig einen Frage: *Wie schlage ich daraus Profit?*

Anthomantie: Weissagung aus Blumen

Die Uni führt eine Menge Krisensitzungen auf Zoom durch, bei denen nur schwer zu sagen ist, wer was wirklich denkt. Die Studierenden müssen zu Hause bleiben, und wir versuchen, so schnell wie möglich mit dem Online-unterricht anzufangen. Mir ist bewusst, dass jedes Wort, das ich von mir aufnehme, ab jetzt der Universität gehört. Ich verbringe viel Zeit damit, Wäsche aus dem Hintergrund zu entfernen. Bei einem Seminar gibt es ein Zoom-bombing, irgendjemand brüllt das N-Wort und kritzelt etwas auf den Bildschirm, was vermutlich ein Penis sein soll.

Xander muss Fakten über Mary Seacole in einer Datei zusammentragen und eine Mindmap auf Grundlage einer Kurzversion von *Oliver Twist* erstellen. Eine schematische Blüte zeichnen und beschriften: Narbe, Griffel, Staubblatt. Kein Mensch wird sich seine Bemühungen ansehen – seine Schule behauptet, wegen der Virengefahr könnten die Hausarbeiten nicht korrigiert werden. Matheaufgaben verweigert er total und wenn ich ihn zu zwingen versuche, wimmert er nur. Man hat den Eindruck, er entwickelt sich wieder zurück.

Ich wünschte nur, er würde noch mit Spielzeug spielen. Doch dann fällt mir ein, dass Xander zuletzt von Autos besessen war. Durch unser Wohnzimmer schlängelte sich ein apokalyptischer Megastau, der mich an denkende, selbstfahrende Autos erinnerte, nachdem die Menschen von der Erde verschwunden sind. Da Xander an Asthma leidet und Autos ihm tagein, tagaus Feinstaub und giftige Abgase ins Gesicht blasen, habe ich mich ständig gefragt: Was in drei Teufels Namen erlaube ich ihm da eigentlich?

Ihm Sagen zu erzählen, war mir sympathischer. Seinen Lieblingshelden Herakles zeichnete er oft mit einem sehr detaillierten Six-Pack und Schrammen am ganzen Leib vom Kampf gegen die Hydra. So viele Ungeheuer. Ich besaß ein sehr schönes Buch mit Kinderversionen der griechischen Sagen, die ich Xander abends oft an ihn gekuschelt im Bett vorlas: Bellerophon auf dem Rücken des Pegasus, wie er den Speer auf die Chimära richtet. Manchmal spielten wir die Geschichten auch mit Lego. Oder Xander sagte: Erzähl mir eine Geschichte, und ich erzählte ihm von den Sibyllen, den Furien oder den Heroen. Die Sage von Achilles, dem ein früher Tod geweissagt worden war, woraufhin ihn seine verzweifelte Mutter in den Styx tauchte, um ihn zu beschützen – außer an der Ferse, wo sie ihn festhielt.

Ich habe immer gern mit Xander gespielt. Es macht mich traurig, dass er aus dieser Art von Spielen herausgewachsen ist. Das einzig Vergleichbare, was er jetzt noch macht, ist ein Computerspiel, das *Monster Quest* heißt, in dem sämtliche verschlungene Erzählstränge auf eine einzige Formel eingedampft worden sind: Waffe kaufen, Fantasiewesen töten.

Erwachsene spielen nicht, außer vielleicht mit Instagram. Ich spiele nicht mit auf Instagram beziehungsweise ich scrolle nur, statt selbst was zu posten, weil die Kamera an meinem Handy nichts taugt. Aber während des Lockdowns bin ich häufiger auf Instagram unterwegs. Unsere

Bekannten posten Bilder vom Frühling – Apfelblüten und Pfingstrosen – die mich beschäftigen, als wollten sie mir sagen: Hier, schau, echte Dinge. Aber sobald man das Foto gemacht und mit dem Valencia-Filter bearbeitet hat, ist schon wieder das nächste unechte Ding entstanden – weitere hübsche Informationshäppchen über den jeweiligen Aufenthaltsort und die aktuelle Stimmung für die Cloud. Ich bin gerade mit Instagram beschäftigt, als Jason meint: »Ich kaufe Xander ein Handy.« Jeder Widerspruch ist in dieser ungünstigen Ausgangssituation im Grunde von vornherein zwecklos. Außerdem bin ich stocksauer, dass er das vor Xander sagt, der gerade eine Rechtschreibübung macht und abgelenkt aufblickt.

»Cool. Danke, Dad.« Er versucht, unbeteiligt zu klingen, aber ich merke richtig, dass sein Herz einen Sprung macht, wie ein Hund nach einem Stöckchen.

»Oh?«, sage ich. »Warum?«

»Weil er eins braucht, stimmt's, Xander?«

»Wenn ich ganz ehrlich sein soll, hatte ich gehofft, dass wir damit bis zur Sekundarschule warten könnten«, sage ich zu Jason, obwohl mir klar ist, dass es für jede Diskussion zu spät ist und ich ihm nur ein paar Schuldgefühle verursachen will.

»Kannst gern danke sagen. Du machst dir doch immer Sorgen, dass er nicht genug Kontakt zu seinen Freunden hat. Die haben alle schon ein Handy – Jaden, Tyler. Ich habe mich gestern im Park mit Tylers Dad über verschiedene Modelle unterhalten. Xander muss auf WhatsApp sein, damit er weiß, was abgeht. Welche Memes gerade angesagt sind.«

»Memes? Wie, die primitiven kleinen Gifs, die ihr in eurer Fußballgruppe auf WhatsApp rumschickt?«

»Tyler und Jaden haben beide ein Handy«, wirft Xander ein. »Für den Heimweg.«

»Den *Heimweg*?«, wiederhole ich ungläubig. Als wären Zehnjährige sicherer, wenn sie ein teures Gerät mit sich herumtragen. Als würde man irgendwann wieder von irgendwo nach Hause laufen.

Tyler ist mir suspekt, er hat ständig ein bis zwei Freundinnen, was immer das bei Zehnjährigen bedeutet. Xander berichtet, Tyler habe das Instagram-Passwort seiner Freundin, damit könne er lesen, was sie im Messenger schreibt, was heutzutage normal sei, wenn man miteinander geht. Der Account der Freundin ist nicht mal privat, ich habe mir ihre gesammelten Selfies auch schon angeguckt. Ein Gesicht blass wie eine Blüte. Die Augenbrauen hat sie sich auf jeden Fall schon geschminkt, obenrum trägt sie ein Crop Top. Die Bilder könnten fast profimäßig wirken, wenn nicht auf jedem ein Heizkörper im Hintergrund zu sehen wäre.

Ololygmantie: Weissagung aus Hundegeheul

Die Einheit des Ortes ist das wichtigste Element der Tragödie. In diesem Jahr erlebt jede Familie ihre eigene kleine Tragödie. Die Anzahl der Hauptdarsteller ist beschränkt, und die sozialen Medien bilden den Chor.

Eine Menge Menschen stellen fest, dass sie ihre Wohnung oder ihre Ehe oder ihr Leben im Grunde nicht sonderlich mögen. Alle, außer einem schrecklich nervenden Bekannten, dessen Sauerteig wie vom Bäcker aussieht, aber das darf man nicht sagen, sonst demonstriert er einem seine Vorgehensweise in elf Schritten und allen Einzelheiten. Wir sind mit einem Paar, Toby und Meesha, zu einem Zoom-Drink verabredet, und sie streiten sich ganz fürchterlich vor uns. Toby sagt, er wolle ein bisschen mit dem Auto herumfahren, um einen klaren Kopf zu bekommen, aber er hat schon zu viel getrunken, und das Verlassen der häuslichen Unterkunft ohne triftigen Grund ist verboten. Meesha gibt ihm eine Ohrfeige, und wir glauben, gleich erwürgt er sie. Irgendwann brüllen wir die beiden an, sie sollen aufhören sich anzubrüllen. Es ist wie der Film *Im Auftrag des Teufels* mit der schrecklichen Szene, in der die Figur von Keanu Reeves mit ansehen muss, wie seine Frau sich mit einer Glasscherbe die Kehle aufschlitzt, aber sie befindet sich hinter einer Scheibe, und er kann sie nicht am Selbstmord hindern. Zoom kommt mir mittlerweile so ähnlich vor.

Häusliche Gewalt greift um sich. Ist eigentlich bekannt, dass Herakles seine gesamte Familie umgebracht hat? Seine Frau und Kinder. Euripides hat eine Tragödie darüber geschrieben. Hera hatte Herakles Gift in den Wein geschüttet, und er meinte zu sehen, wie sich seine Angehörigen in wilde Tiere verwandelten, die ihn fressen wollten, deswegen machte er sich über sie her. Er war so stark, dass es ihm nicht schwerfiel, sie zu töten. *Wann hat mich der Wahnsinn gepackt? Wo war ich, als er kam und mich vernichtete?*

Zuhause. Das ewig gleich Bleibende. In dem Wort klingen nicht mehr die gemütlichen vier Wände an, in die man heimkehrt. Das Wort verschluckt uns wie ein Schlund. Vorhänge zuziehen, Vorhänge aufziehen. Bettwäsche wechseln. Der Staub auf den grauen Sofas. Die Krümel auf den Fliesen. Die nasskalten viktorianischen Wände. Das gerahmte Filmplakat von *Jason und die Argonauten*. Der grobe Webteppich auf der Treppe. Die klebrigen Abdrücke auf dem Couchtisch. *Wie man sich bettet, so liegt man dann auch.*

Tausende tragische Tode, die sich direkt hinter der *Skene* unserer Vorhänge, unserer Filter, ereignen. Der Bote nähert sich über Twitter. Oder man braucht nur den Dauernachrichtensender einzuschalten, dieses *Ekkyklema*, das sich beständig im Kreis dreht, um die Leichen vorzuzeigen.

Premierminister Johnson ist auf die Intensivstation gebracht worden. Er könnte sterben. Ganz in echt sterben, sagen wir zueinander. Die Atmosphäre ist angespannt, eine seltsame Mischung aus aufgekratzt und bedrückt. Wir fürchten uns vor uns selbst.

Man muss sehr vorsichtig sein, was man auf Twitter sagt. Aber die Leute sind nicht vorsichtig. Sie halten das alles für fake. Sie schreiben: »Jemand, der für den Tod von so vielen Mitbürgern verantwortlich ist! Und wir sollen ›Respekt zeigen‹, weil es ihm schlecht geht – nein danke!« Sie schreiben: »Wenn ihr nicht versteht, warum Leute das ironisch finden, dann fällt mir auch nichts mehr ein.« Sie schreiben: »Wir verteidigen den Premierminister gegen die bösartigen Trolls. Piers Morgan, Moderator von Good Morning Britain, verlangt, wer nichts Positives zu sagen habe, soll den Mund halten.«

Die Furien lieben Twitter. Ich glaube, sie haben einen Twitter Account. Die Erinnyen. Die Säuferinnen mit den Schlangen im Haar und den schwarzen Gewändern. Als Kronos seinen Vater mit der Sichel kastrierte, entsprangen die Furien aus dem auf die Erde tropfenden Blut: Alekto, Megaira, Tisiphone. Die tanzende Horrortruppe mit den bellenden Hundeköpfen, die nach Aufmerksamkeit gieren und nach Rache dürsten.

Augurium: Weissagung aus dem Vogelflug

Birding ist im ganzen Land der große Hit, aber in unserem Garten sitzt immer nur dieselbe nervende Elster. Einmal besteige ich den Telegraph Hill mit Xander, und da oben steht ein Mann im Jogginganzug, der einen Turmfalken auf der Faust hält.

Abends räume ich die Ecken auf. Unser Schlafzimmer befindet sich unterm Dach und hat große Stauräume in der Dachschräge. Früher ist Xander sehr gern in diese Schränke gekrochen und hat sich dort versteckt, aber jetzt verstecken sich nur noch Kartons mit seinen alten Spielsachen hinter den Türen, ein Kinderwagen und ein Babykörbchen, die ich aufgehoben habe, weil ich auf ein zweites Kind hoffte. Motten kommen herausgeflattert, als sei das alte Zeug verwunschen. Einem Teddybär haben sie das Gesicht weggefressen.

Unterbezahlte Lieferanten werfen ihre Pakete vor die Tür und entfernen sich schnell wieder.

Hermes steht ständig an unserer Schwelle. Hermes, Schutzgott der Händler und Grenzen. Der Psychopomp, der unsere Seelen in die Nachwelt und Xander seine Jogginghosen bringt, aus denen er allwöchentlich herauswächst. Hermes, der Gestaltwandler, der sich vorbeugt, um ein Foto von seinem Päckchen zu machen.

Es ist surreal, ständig zu bügeln oder Frühstücksflocken

zu essen oder eine Sendung zu gucken, die allen Ernstes *Normal People* heißt, während sich die Welt um uns herum unwiederbringlich verändert.

Jason schenke ich nicht besonders viel Aufmerksamkeit. Er ist erwachsen, er kommt schon allein klar. Jason ist natürlich außerdem weiß, cisgender männlich, hetero, Mittelschicht und körperlich unversehrt. Wir als Gesellschaft haben aufgehört, über die innere Befindlichkeit solcher Menschen nachzudenken. Bei mir ist es auch schon eine Weile her, seit ich mir die Mühe gemacht habe, über seine innere Befindlichkeit nachzudenken. Wir schlafen nur selten miteinander, vermutlich guckt er sich nachts Pornos an und masturbiert, aber ich verschwende nicht viele Gedanken daran.

Als ich einmal masturbiere, stelle ich mir vor, wie mich Zeus in Gestalt eines Schwans zu Boden wirft, während das Sonnenlicht durch seine Flügel scheint. Mit seinem korkenzieherdünnen Schwanenschwanz dringt er in mich ein.

Pyromantie: Weissagung aus dem Feuer

Den Studis an unserer Uni wird mitgeteilt, dass sie ihre Abschlussprüfungen online ablegen müssen. Es wird keine Partys geben, keine Firmen, die kommen, um Absolventen zu rekrutieren, keine Feierlichkeiten. Ich halte ein Onlineseminar ab, die Hälfte der Studis hat ihre Kamera ausgeschaltet, und ich starre in lauter schwarze Kacheln. Ich sage ihre Namen ins Nichts. Jess, was hat dich an dem Text interessiert? Bist du da, Jess?

Das Einkommen des Fachbereichs hängt wesentlich von den Studiengebühren der ausländischen Studierenden ab, und die Sorge geht um, dass nächstes Jahr keine kommen werden. Wir versuchen wenigstens, die Ausländer zu halten, die wir schon haben. Immer wieder muss ich weinende Studierende auf Zoom trösten, in Einzelgesprächen, bei denen ich ständig nach meinem Gesicht in dem kleinen Kästchen oben in der Ecke schiele, ob ich auch beruhigend genug aussehe. Aber das klappt alles einwandfrei, ich habe mein Verhältnis zu dem, was Pflicht und was Freizeit ist, schnell angepasst. Ein Gang mit Xander in den Park ist mir lästig, bezahlte Erwachsenenarbeit ist eine Wohltat.

In meinem Kollegium gibt es jemanden, den ich mag. Jay, früher war sie bei mir Doktorandin. Damals war *they* noch eine Frau, aber jetzt ist J nichtbinär. Das interessiert mich. Ich hatte immer das Gefühl, bei anderen Frauen nicht wirklich hereinzupassen, als ob mein Denken auf andere in gewisser Weise männlich wirkt. Androgynität, vom altgriechischen ἀνδρόγυνός – andro heißt »Mann« und gyne heißt »Frau«. In Platons *Symposion* heißt es in der Rede des Aristophanes, es gäbe männlich-weibliche Kugelwesen, und die kämen vom Mond.

Jay hat ein Gesicht wie der Mond, kreisrund und leuchtend. They trägt immer gebügelte Hemden mit hochgekrempelten Ärmeln und weite Hosen, die stylish herunterhängen. Jay hat einen Pagenkopf, feines, glänzendes Haar, ein niedliches Gesicht mit gezupften Augenbrauen und eine gepiercte Zunge. Verspielt, als ob Jay jemandem die Zunge rausstrecken will. They ist ständig am Vapen. Geschmacksrichtungen wie Melone, Slushie und Erdnussbutter.

Es ist gut, junge Leute mit einer anderen Sicht auf die Welt zu haben – Jay haben wir es zu verdanken, dass es in unserem Fachbereich jetzt Triggerwarnungen gibt. Von den älteren Männern haben ein paar gemeckert, aber Jay hat sie in die Schranken gewiesen. »Kein Mensch will Ovid verbieten. Wir sagen nur: Leute, in diesem Text geht's um Vergewaltigung. Das ist ja nun wirklich kein Spoiler.«

Letztes Jahr hat Jay ein fantastisches Paper über Teiresias geschrieben, den Seher, der seine Weissagungen auf Vogelgesang, die Gestalt des aufsteigenden Rauchs und die Zwiesprache mit den Toten stützte. Der Sage zufolge prügelte er auf zwei sich paarende Schlangen ein, und die erzürnte Hera bestrafte ihn damit, dass sie ihn in eine Frau verwandelte. Später wurde Teiresias in ein Streitgespräch zwischen Hera und Zeus hineingezogen. Es ging um die Frage, wer mehr Spaß am Sex habe – Hera meinte, die

Männer, Zeus behauptete, die Frauen. Teiresias, der beides kannte, wurde zur Schlichtung herbeigerufen und gab die Antwort, von zehn Teilen der Lust würden Männer nur einen, Frauen neun Teile genießen. Neunzig Prozent der Lust können mit anderen Worten die Frauen für sich verbuchen. Hera war außer sich und strafte Teiresias für seine Respektlosigkeit mit Blindheit. Zum Ausgleich dafür schenkte Zeus ihm die Sehergabe.

Diese Geschichte ist ganz schön *strange*, oder? Haben die das wirklich geglaubt, die alten Griechen, dass es besser ist, gefickt zu werden als selbst zu ficken? Und was für ein toxisches Paar, diese zwei, dass sie Sterbliche in ihre Schlammschlacht mit hineinziehen, wer nun weniger Spaß am Sex habe.

Bei unserer Zoom-Fachbereichssitzung bricht Jay in Tränen aus über die Situation der Studierenden. »Das gehört zu den wichtigsten Tagen in ihrem Leben«, sagt J. »Sie haben mit psychischen Erkrankungen zu kämpfen. Manche Studis haben nicht mal vernünftiges W-Lan. Sie müssen versuchen, ihre Abschlussprüfung in einem Zimmer im Wohnheim abzulegen, das sie sich mit so und so vielen anderen teilen müssen. Die ganzen positiven Erinnerungen, alles entgeht ihnen … Ich meine, sie sollen die besten Augenblicke ihres Lebens dafür aufgeben, dass wir Rücksicht auf die Alten nehmen, und niemand sagt auch nur Dankeschön. Ich finde, ein bisschen mehr Mitgefühl wäre wirklich angebracht – ich meine, man weiß ja noch nicht mal, ob es hinterher überhaupt Jobs für diese Leute gibt …«

»Alles klar, Jay, wir haben's verstanden.« Der Fachbereichsleiter nickt und lehnt sich mit einem geistesabwesenden Grinsen in seinem Sessel zurück. »Ich vermute, dass wir alle Angst um unsere Zukunftsaussichten haben. Also. Insofern verdienen wohl nicht nur die Studierenden unser Mitgefühl, würde ich sagen.« Er wohnt in einem Haus mit offener Küche, und im Hintergrund ist seine Frau zu hören, wie sie versucht, ein nach Süßigkeiten brüllendes Kind zu beruhigen.

Videomantie: Weissagung aus digitalen Medien

Es ist möglich, an zwei widersprüchliche Dinge zugleich zu glauben. An Wahrsagerinnen zum Beispiel, und Wahrsagerinnen gleichzeitig mit tiefster Skepsis gegenüberzustehen. Ich meine, wenn mich eine Kollegin auf meine aktuellen Forschungen anspricht, dann streite ich natürlich ab, an so einen Humbug zu glauben. Ich weiß ja, wie Sprache funktioniert, wie man damit manipulieren und hinters Licht führen kann. Ich weiß, dass Hellseherinnen mit einer Psychotechnik arbeiten, die sich »Cold Reading« nennt: Sie verwenden offene Formulierungen und eine große Menge allgemein gehaltener Informationen, beobachten die Reaktion ihres Gegenübers, engen die Thematik daraufhin ein und stimmen die ursprünglichen Statements auf diese Reaktionen ab.

Du wohnst in einer Wohnung oder einem Haus, richtig? Ich habe das ganz deutliche Gefühl, dass jemand bei dir in der Wohnung ist, ein Ehemann vielleicht – oder vielleicht auch eine Katze. Es könnte natürlich auch eine Taube ins Haus geflogen sein.

Und du hast in letzter Zeit einen Verlust erlitten, richtig? Ein Verlust, der dir sehr naheging, einen Verwandten – oder vielleicht den Autoschlüssel? Aha ... Ich verstehe. Aber vielleicht fielen ja beim Bürsten Haare aus? Oder du hast etwas weggeworfen, schlecht gewordenes Pesto oder einen alten Salat vielleicht?

Dann gibt es noch den »Barnum-Effekt«, benannt nach dem amerikanischen Zirkusdirektor P. T. Barnum. Diese Aussagen wirken auf einen persönlich gemünzt, treffen aber auf praktisch jeden zu: »Du neigst stärker zu Schüchternheit als deine Mitmenschen ahnen.« »Als Kind hattest du mal einen Unfall, richtig?« Oder der »Regenbogentrick« – man macht Aussagen, die alle Widersprüche miteinschließen: »Du bist ein sehr freundlicher und einfühlsamer Mensch, aber tut jemand etwas, mit dem er dein Vertrauen enttäuscht, kannst du auch ganz schön wütend werden.«

Das alles weiß ich, und trotzdem habe ich das Gefühl, dass es in meinem Leben schon immer viele seltsame Zufälle gegeben hat. Es passiert mir oft, dass ich an ein Lied denke, und schon läuft es im Radio. Ich träume von etwas Ungewöhnlichem wie Marmelade oder Tasmanien, und am nächsten Tag lese ich einen Artikel darüber. Wenn eine schwarze Katze vor mir die Straße überquert, überkommt mich immer noch ein kleiner Schauder. Ich habe eine Kette mit einem Glücksbringer daran – eine kleine, griechische Eule, das Symbol der Athene –, und wenn ich sie zu Prüfungen und Vorstellungsgesprächen umlege, habe ich immer Glück. Wenn ich also einen Tweet lese, dass jemand bei einer Astrologie-Hotline angerufen hat, habe ich das Gefühl, vom Schicksal gestreift zu werden – wahrscheinlich aus lauter Angst vor einer weiteren Woche voller Langeweile und Computerbildschirme. Und genau wie jedes Mädchen, das zur guten Kapitalistin herangezogen wurde, will ich die Hauptdarstellerin meines eigenen Lebens sein. Ich will mir meine Handlung selbst zurechtschustern.

~

Das Tarot mit seinen vier Farben und den großen und kleinen Arkana entstammt ursprünglich dem fünfzehnten Jahrhundert und wurde in Europa als Kartenspiel verwendet. Der Narr war entweder die höchste Trumpfkarte oder wurde gezogen, wenn man eine gespielte Farbe nicht bedienen wollte. Das Wort *Tarot* beziehungsweise das deutsche *Tarock* kommt vom italienischen *tarocchi*. Die Herkunft des Wortes ist unbekannt, aber *taroch* war ein Synonym für »Dummheit« – ein Spiel für Narren. Erst seit dem ausgehenden achtzehnten Jahrhundert werden die Spielkarten für die Weissagung benutzt.

Das abgegriffene Tarot-Deck in meinem Besitz ist das beliebteste Achtundsiebzig-Karten-Deck der Welt, das Rider-Waite, das 1909 in Zusammenarbeit von A. E. Waite und der Künstlerin Pamela Colman Smith entstand. Nach ein paar Klicks weiß ich, dass A. E. Waite, der die »Vorgaben« zur Gestaltung des Decks gab, Mitglied des *Hermetic Order of the Golden Dawn* war, Herausgeber der Zeitschrift *The Unknown World* und Vater einer Tochter, die er Sybil nannte. Überraschender war, dass er seine okkulten Neigungen mit einem Salär als leitender Angestellter bei Horlicks, dem Hersteller von Schokomilch, finanzierte. Aleister Crowley verpasste ihm den Spitznamen »Dead Waite«.

Pamela Colman Smith, die sämtliche Illustrationen auf den Karten zeichnete, war eine wesentlich spannendere Figur. Sie verfolgte eine Vielzahl faszinierender Projekte: Sie illustrierte jamaikanische Volksmärchen und Bram

Stokers Buch *Das Schloss der Schlange*, fertigte Zeichnungen für W. B. Yeats und die Frauenbewegung an. Alfred Stieglitz gab ihr sogar eine Einzelausstellung in New York.

Manch einem mag aufgefallen sein, dass das Deck allerdings nicht Smith-Waite heißt, sondern unter dem Namen Rider-Waite bekannt ist. Rider war der Name des Verlags: Rider Company. Nicht als Urheberinnen genannte Frauen werden sehr leicht vergessen. Die Zukunft kam. Der Zeitgeschmack änderte sich. Pamela Colman Smiths Leben wurde ärmer. Als sie starb, wurde ihr Besitz versteigert, ihre Schulden bezahlt, und sie wurde in einem anonymen Grab beigesetzt.

Am allermeisten fürchte ich mich vor Einschränkungen. Dass alles weniger wird. Früher habe ich immer gedacht, diese Furcht schütze mich irgendwie. In dem Sinne: Wenn Jason spät von einem DJ-Set nach Hause kommt und Gott weiß was eingeworfen hat und nicht auf dem Handy zu erreichen ist und ich mir vorstelle, dass er tot ist, dann kann er nicht tot sein, weil das einfach ein zu großer Zufall wäre. Oder vielleicht habe ich gedacht, es wäre fast so was wie eine Win-Win-Situation. Von wegen: Wenn er tot ist, dann habe ich wenigstens einen Beweis dafür, dass ich übernatürliche Kräfte besitze, was auch ein Trost wäre. Aber je älter man wird, desto mehr der Dinge, die man im Leben befürchtet, treten ein, und es stellt sich heraus, dass die Vorahnung nur einen sehr begrenzten Trost bietet.

∼

Die Wahrsagerin konsultiere ich natürlich auf dem Computer. Das macht die Verlogenheit der Situation noch einen Tick schlimmer. *Taroch*, Narrheit. Ich warte, bis

Jason einen notwendigen Einkauf bei Aldi tätigt und aus dem Haus ist. Xander hat er mitgenommen, damit der Junge an die frische Luft kommt. Bei mir ist im Hintergrund das Geschirrtrockengestell zu sehen. Im Wohnzimmer der Wahrsagerin sieht es aus wie im Möbelgeschäft: grau und weiß, künstliche weiße Rosen in einer grauen Vase.

Die Kartenlegerin, Rae heißt sie, hat sehr glattes, blondes Haar, künstliche Fingernägel und hochglänzende, beigefarbene Lippen, die mich an die Polstersitze eines Sportwagens erinnern. Rae nimmt ein Tarot-Deck zur Hand und fängt an zu mischen. »Hast du ein bestimmtes Anliegen?«, fragt sie mit kieksender Kim-Kardashian-Stimme.

»Eigentlich nicht«, sage ich. »Ich mache mir nur viele Gedanken über die Zukunft.«

»Hmm«, sagt Rae und legt die Karten hin. »Du bist von Glück gesegnet, aber momentan machst du eine schwierige Zeit durch. Du fühlst dich zu wenig unterstützt, habe ich recht?«

»Wahrscheinlich«, erwidere ich.

»Und du machst dir Gedanken um deine Gesundheit, um die Gesundheit deiner Familie. Ich sehe Herausforderungen, die auf dich zukommen. Ich sehe – bedeutet dir das irgendetwas? Ich sehe den Buchstaben J.«

»Jason«, sage ich und trinke einen Schluck aus meiner Kaffeetasse, auf der Nero und der Spruch MAKE ROME GREAT AGAIN zu sehen sind. Ob die Wahrsagerin daraus irgendwas ableiten kann? »Mein Mann heißt Jason.«

»Ich sehe positive Dinge rund um den Buchstaben J. Klarheit. Dass du dich selbst wiederentdeckst.«

Mein Herz wird schwer, als sie das sagt. Ich merke, wie ich das Gefühl der Enttäuschung herunterschlucke. Ich denke darüber nach, ob sie sich Botox hat spritzen lassen. Ich muss ständig an das Geld denken, das ich Rae für diese Sitzung zahle. Fünfzig Pfund. Richtig viel. Nicht, dass ich es mir auf keinen Fall leisten kann, aber ich gebe nie so viel Geld für mich selbst aus. Ich kaufe meine Sachen immer bei H&M, dabei tragen meine Kolleginnen alle Reiss und COS.

»Okay.«

»Interessant. Diese Karte ist ›Die Welt‹.« Rae zeigt auf die ausgelegten Tarotkarten. »Der Kreis schließt sich. Alles fließt. Bei dir steht sie auf dem Kopf. Du hast dir heute dieses Horoskop gewünscht, weil du das Gefühl hast, alles stagniert und ist festgefahren, habe ich recht? Du willst den Grund dafür finden.«

Das stimmt. Zumindest der letzte Teil stimmt auf jeden Fall. »Ja, und was *ist* der Grund dafür?«, frage ich.

»Es tut mir leid«, sagt sie. »Auf diese Entdeckungsreise musst du dich selbst begeben.«

Das hätte ich mir denken können, dass sie so was sagt. Die Banalität des Ganzen. Ich merke, wie schwer es mir fällt, die Augenbrauen nicht hochzuziehen. Ihr kein verräterisches Zeichen zu geben. »Ach so.«

Aber dann legt sie die letzte Karte hin, was die Zukunft bringen wird – und ich sehe, welche es ist. Es ist die verdammte Neun der Schwerter. Und ich merke mit einem Mal, wie ich anfange zu zittern, es schüttelt mich nur so, als hätte ich mir gerade etwas angetan, etwas nicht Wiedergutzumachendes. Weil mein Leben die Zehn der Kelche ist, und ich hätte damit zufrieden sein sollen, und jetzt habe ich vor Augen, was ich nicht hätte sehen sollen, was ich nicht wahrhaben wollte. Was kein menschliches Wesen sehen sollte: Was auf mich zukommt, ist Versagen, Verzweiflung, Tod.

Rae muss bemerkt haben, wie blass ich geworden bin. »Tja, ich gebe zu, das ist keine besonders positive Karte«, sagt sie. »Sie kann Krankheit bedeuten: körperlich oder seelisch. Große Schwierigkeiten. Sie kann allerdings auch für die Wechseljahre stehen –«. Sie unterbricht sich, um nachzusehen, ob mir das peinlich ist. »Aber wenn ich diese Karte vor mir habe, dann sage ich immer zu dem Betreffenden: Du darfst um Hilfe bitten. Dieses Jahr ist für viele Menschen sehr schwierig, aber du musst darüber reden, verstehst du? Leg dich nicht jeden Abend ins Bett und gib die Hoffnung auf, lieg nicht da wie eine arme

Seele, die an Migräne leidet und still auf das Schlimmste wartet ...«

Ich sage: »Tut mir leid, die Verbindung ist schlecht, du bist eingefroren, ich mache besser Schluss«, und ich *verlasse das Meeting.*

Hämatomantie: Wahrsagung aus Blut

»Desinfektionsmittel erledigt das Virus in einer Minute, in einer Minute. Gibt es einen Weg, wie wir so etwas machen könnten – durch spritzen oder fast säubern?«, sagt der Präsident bei der Pressekonferenz.

»Ständig bist du mit deinem blöden Handy beschäftigt, Mum«, stellt Xander fest. Ich lasse es sinken, sehe ihm in die Augen und versuche zu lächeln.

»Du hast recht. Es ist nur, dass Trump jetzt zum Besten gibt, wir sollen Putzmittel schlucken, um das Virus zu bekämpfen. Eigentlich will er sogar, dass wir es uns in die Adern spritzen.«

»Dagegen bin ich garantiert allergisch«, gibt Xander knochentrocken zurück. Es ist elf, und er hat immer noch seinen Fortnite-Pyjama an. Hat er sich die Zähne schon geputzt?

»Also, was ist mit dem Body Coach?«, sage ich, als mir der Online-Fitness-Guru einfällt, während ich versuche, die Stimmen in meinem Kopf zum Schweigen zu bringen: *Sucht ungesundes Verhalten psychische Auffälligkeiten.*

»Die Schule findet, wir sollen ...«

»Ihn für seine Verbrechen an Kindern einsperren?«

Ich rechne es mir hoch an, dass ich immerhin versuche, ein Gespräch mit Xander zu führen, dabei stimmt das gar nicht, und er versucht es auch nicht: Wir tun beide nur so, als würden wir uns unterhalten. Am Nachmittag bekommt Xander so heftiges Nasenbluten, dass es auf seinen Pyjama tropft, den er immer noch anhat. Ich zwinge mich dazu, Blut nicht als Omen zu sehen. Ich zwinge mich, daran zu denken, dass ich als Kind oft Nasenbluten hatte. Ich erinnere mich sogar daran, dass ich als Teenager Nasenbluten bekam, als ich gerade in der Disco mit einem Jungen knutschte, und es lief ihm alles in den Mund.

Heutzutage ist meine Menstruation so stark, dass es aussieht, als würde ich Blut pinkeln, seit, na ja, seitdem. Manchmal benutze ich eine Mooncup – nicht statt Binden, sondern zusätzlich. Das Blut, das sich darin sammelt, ist sehr dunkelrot und der Geruch durchdringend, fast wie eine berauschende Brühe. Ein bisschen wie ein Fleisch-Wermut. Als ich mit der Reinigung von Xanders Nase fertig bin, finde ich die ersten Flecken in meiner Unterhose. Ich sage mir, dass ich vermutlich deswegen so gestresst bin.

In dieser Nacht liege ich stundenlang wach unter den neun bleichen Klingen.

Morgens im Bett schmiegt Jason sich an mich. Es ist fast ungewohnt, als er mich im ersten Licht in die Arme nimmt, weil wir es so lange nicht mehr gemacht haben. Ich spüre seinen Ständer an meinem Slip. »Sorry, geht gerade nicht«, sage ich.

Retrodiktion: Im Nachhinein verfasste Weissagungen

Aber die Welt, die Welt.

Jason und ich leeren zwei Flaschen Wein, während wir die Pressekonferenz von Dominic Cummings, wichtigster Berater des britischen Premierministers, im Rosengarten anschauen. Trump hat auch einen Rosengarten. Die beiden scheinen das als angemessenen Rahmen für gewalttätigen Schwachsinn zu halten, so wie in *Alice im Wunderland*. Cummings ist illegalerweise nach Durham gereist, obwohl er glaubte, sich mit Corona angesteckt zu haben, und seine Entschuldigungen sind labyrinthisch verschlungen – er bringt das Horrorszenario vor, er hätte sich um sein Kind kümmern müssen, aber das funktioniert nur, wenn die Journalisten mitspielen bei dem gigantischen Theater, die Reichen hätten nicht vom ersten Tag des Lockdowns an ihre Kindermädchen gehabt, und er hätte keine Kinderbetreuung in London finden können.

Diesen Lügen setzt er mit einer Extrabonuslüge, die uns ernsthaft sprachlos macht, noch die Krone auf: Er habe nach Barnard Castle fahren müssen, um seine Augen untersuchen zu lassen. »Wichser.« Jason schüttelt ungläubig den Kopf, schenkt sich Wein nach und stößt einen hoffnungslosen kleinen Lacher aus.

»Aber jetzt kapiert es doch garantiert jeder, oder?«, sage ich. »Jetzt fühlt sich die Bevölkerung doch bestimmt total verarscht. Manche Menschen konnten noch nicht mal zur Beerdigung von ihren Angehörigen gehen! Es gibt Kinder, die sind zu Hause eingesperrt wie im Gefängnis und haben seit Gott weiß wann kein anderes Kind mehr gesehen …«

»Wir machen alles richtig, Xander geht es gut«, beruhigt mich Jason. »Falls du deswegen immer noch gestresst bist. Er hat's viel besser als die meisten anderen Kids, er hat einen Computer und einen Garten.« Mir stellen sich die Nackenhaare auf, als Jason das sagt. Immer hat er unverbesserlich gute Laune. Wenn man sich über irgendetwas in der Zukunft den Kopf zerbricht, wird er schrecklich ungehalten – *Woher willst du das wissen? Also hör auf, hier schlechte Stimmung zu verbreiten. Ich will nichts von dem Scheiß hören.* Es ist jedes Mal wieder schwierig, ihn davon zu überzeugen, dass wir mit Xander ins Krankenhaus müssen, wenn ich die typischen roten Flecken an ihm bemerke. Jason wirkt dann richtig gelangweilt. Ich will damit nicht sagen, dass er unseren Sohn weniger liebt als ich, aber er kann sich einfach nicht vorstellen, dass etwas wirklich Schlimmes passieren könnte.

Ich schlucke. Ich schlucke Widerworte und Wein und neun Schwerter herunter.

Ich schenke mir noch ein Glas ein. Wie schnell die zweite Flasche zur Neige gegangen ist. Cummings ist angeblich der Superweissager. »Seit vielen Jahren«, liest er sein Statement vom Blatt, »warne ich vor der Gefahr einer Pandemie. Letztes Jahr habe ich einen Beitrag über die mögliche Gefährdung durch Coronaviren und die unbedingte Notwendigkeit einer vorausschauenden Planung verfasst.«

Dabei gibt es in Cummings' Blog nur eine einzige Erwähnung von Coronaviren, und die stammt vom 14. April 2020.

Für so etwas gibt es sogar einen wissenschaftlichen Ausdruck: rückwirkende Hellseherei oder »Retrodiktion« – Lateinisch *vaticinium ex eventu*. Nach dem Eintreten eines Ereignisses verfasste Prophezeiungen. Es gibt ein interessantes Pamphlet von Lukian über einen im zweiten Jahrhundert nach Christus lebenden Lügenpropheten, der sich Alexander von Abonuteichos nannte. Es handele sich um einen Scharlatan, warnte Lukian, »dessen Namen kein gebildeter Mensch in den Mund nehmen sollte, sondern der stattdessen in einer vollbesetzten Arena vor aller Augen von Affen und Füchsen zerrissen werden sollte.«

Alexander verkündete, am Tag XY würde ein bestimmter Gott Antworten geben. Gegen einen gewissen Preis durften die Menschen aufschreiben, was sie wissen wollten, und die Frage in einem Paket mit Wachs und Lehm versiegeln. Er würde die Gedanken der Götter erlernen und die versiegelten Pakete dann komplett mit Antwort zurückgeben. In Wirklichkeit besaß Alexander höchst raffinierte Methoden, die Siegel zu öffnen, die Fragen zu lesen, die Schriftstücke wieder zusammenzurollen und zum allgemeinen Erstaunen unter viel Brimborium wieder versiegelt, aber mit Antwort zurückzugeben. Oft empfahlen die Götter sogenannte »Kytmides«, ein Phantasiename für ein Stärkungsmittel aus Bärenfett«. Bei Prophezeiungen über Zukünftiges ließ er den Zeitpunkt des Eintritts von Ereignissen weg, die Formel lautete: »Es wird alles eintreten, wenn ich es will.«

Lukian schreibt: »Auch die folgende äußerst kluge Einrichtung erfand er: die Orakel ›im Nachhinein‹, zur Wiedergutmachung von missglückten Orakelsprüchen oder völlig verfehlten Vorhersagen. Oftmals verkündete er z. B. Todkranken Gesundung; waren sie dann gestorben, lag ein zweites Orakel schon bereit, das das erste widerrief: ›Nicht mehr suchen sollst du Heilung von bitterer Krankheit. Denn dein Schicksal ist dir bestimmt, du kannst nicht entfliehen‹.«

In Rom baute er eine Detektei mit etlichen Komplizen auf, von denen ihm Auskünfte über Charakter und Ambitionen wichtiger Bürger zugespielt wurden, um so eine Menge Informationen anzusammeln. So hatte er dann seine Antworten schon fertig, bevor die Boten auch nur bei ihm eintrafen.

Schlussendlich verlief sein Schicksal dann doch ganz anders, als von ihm vorhergesagt. Relativ optimistisch hatte Alexander verkündet, er würde mit hundertfünfzig Jahren vom Blitz getroffen werden. Stattdessen fraß sich der Wundbrand vom Fuß hoch bis zu seiner Leiste, als er noch keine siebzig war und sein Bein wimmelte von Maden. »Bei dieser Gelegenheit wurde auch entdeckt, dass er kahl war, weil er wegen der Schmerzen seinen Kopf von den Ärzten befeuchten ließ, und das konnten sie nur tun, indem sie ihm die Perücke entfernten.«

Chiromantie: Weissagung durch Handlesen

Ich habe irgendwo gelesen, mit dem Händedruck sei es ein für alle Mal vorbei.

Irgendwann hat mir mal ein Junge bei einer Party aus der Hand gelesen. Ich glaube, er wollte gern mit dem Finger meine weiche Haut streicheln und mich kitzeln. Er prahlte, er sei der Super-Vorhersager. Seine kleinen Zähne blitzten, seine Augenbrauen waren wissend hochgezogen. Ich weiß noch haargenau, wie er meine Lebenslinie betrachtet und lächelnd gesagt hat: »Du wirst länger leben, als dir lieb ist.«

Vielleicht komme ich deswegen noch nicht einmal auf den Gedanken, die Neun der Schwerter könnte bedeuten, dass ich an Covid sterbe. Wenn ich nachts im Bett liege, laufen die verschiedensten Horrorszenarien vor meinem inneren Auge ab: Xander stirbt, meine Mum stirbt, sogar Jason, aber nie bin ich es, die künstlich beatmet wird, nie ich.

Wahrscheinlich habe ich mich deswegen auch nicht besonders bemüht, Sport zu treiben. Jason fängt an zu joggen, er brummt irgendetwas – vom Sofa zum Fünf-Kilometer-Lauf – und hofft damit, dem Tod davonzurennen. Manchmal gehe ich zu Fuß zum Morrisons oder zwinge Xander zu einem Spaziergang.

Frühsommer, und das Wetter ist unpassenderweise

herrlich. Im Park fällt uns auf, dass jemand mit Kreide Pfeile auf den Boden gemalt hat, die auf wilde Blumen und Unkraut zeigen. Sie sind sogar beschriftet: Ochsenzunge, Storchenschnabel, Schellkraut. Ich sage mir, ist ja nett von dem Zeichner, aber trotzdem überkommt mich ein seltsamer, unterschwelliger Zorn: Jedes noch so kleine Ding auf der Welt ist heutzutage *instagrammable* und schreit nach meiner Aufmerksamkeit.

Auf dem Land und am Strand füllt es sich mit Menschen, die normalerweise nicht aufs Land oder an den Strand fahren. Sogar in den stinkenden Kanälen Londons wird geschwommen. Alles wird angetatscht. Nichts bleibt verschont. Unser aller anfänglicher gemeinsamer Traum, Covid-19 könne die Welt besser, die Luft sauberer machen, wird als willentliche Selbsttäuschung entlarvt. Die Bilder der Delfine in den venezianischen Gewässern sind verschwunden. Jetzt bringen die Nachrichten Bilder von benutztem Klopapier, Einmalhandschuhen und dreckigen Windeln. Bierdosen. Hellblaue Masken, die in Pissepfützen schwimmen.

Ein Uniformierter von der Reinigungsmannschaft sagt im Park zu mir: »Pass'n Sie gut auf, junge Frau, hier ist alles vollgekackt, überall Tretminen!«

Zoomantie: Weissagung aus Tierverhalten

Zunächst vergeht der Pestsommer schnell, weil wir nach und nach ein paar Freiheiten zurückerhalten.

Nach dem Fall der Edward-Colston-Statue liegt ein Gefühl des Aufbruchs in der Luft. Jason organisiert ein paar Grillfeste mit Freunden bei uns im Garten und bringt Xander bei, wie man Rippchen grillt und ein Küchenmesser benutzt; über Bluetooth lässt er Ibiza-Beats laufen. Er ist ein echter Klischeemann, der nur auf offenem Feuer kocht. Hinterher sind bergeweise verbranntes Fleisch und Knochen übrig, als hätten wir gerade die Mannschaft der Argo zum Essen dagehabt.

An einem anderen Wochenende verabreden wir uns zum Picknick mit seiner Schwester Sophie und ihrer Familie. Sie haben ihre eigenen Gläser und Behälter mit raffinierten, köstlich aussehenden Salaten dabei, die wir nicht probieren dürfen, und breiten ihre Decken in genau zwei Metern Entfernung aus. Im Südosten Londons fliegen immer eine Menge eingeschleppte grüne Nymphensittiche durch die Parkanlagen. Irgendwie bringen mich die Vögel auf das Thema der Papageien, die in Tamil Nadu dazu herangezogen werden, als Astrologen Glückskarten herauszupicken. Sophie hört mir mit gelangweiltem Gesicht zu. »Ein bisschen wie der Tintenfisch, Paul, weißt du, der die World-Cup-Ergebnisse vorhersagen konnte«, sage ich, während sie sich demonstrativ nur ihren eigenen Prosecco nachfüllt.

Xander geht sicher ein Dutzend Mal mit seinen Freunden auf den eingezäunten Bolzplatz, obwohl ein Mädchen in einem Londoner Park mit dem Messer attackiert wurde, von einem Jungen, der kein Wort zu ihr sagte – Initiationsritual in einer Gang. Aber Homeschooling ist vorbei, es sind Ferien, und er braucht Gesellschaft. Ich befehle ihm nicht, seine guten Turnschuhe anzuziehen. Mach dir keine Sorgen, sagt Jason. Er muss an die Luft. Muss sich mit anderen Jungs austoben und Ball spielen. Er muss ein bisschen selbstständig werden. Ich frage mich, ob Jason glaubt, es mache einen irgendwie immun gegen Gewalt, wenn man weiß ist. Jaden als dem vernünftigsten seiner Freunde bringen wir bei, wie man den EpiPen benutzt. Wenn Xander unterwegs ist, verordne ich mir einen leeren Kopf, als hätte ich gar kein Kind.

In Jasons Umfeld spielen sich immer noch Katastrophen ab. Meesha verlässt Toby, und ich muss so tun, als würde ich das nicht für die absolut beste Entscheidung ihres Lebens halten. Sein Freund Joey ist auf Kurzarbeit und scheint Crack auszuprobieren, weil es seit dem Lockdown eine landesweite Unterversorgung mit Kokain gibt. Er schafft es, aus seinem örtlichen Pub rauszufliegen und ein Feuer in der Küche zu legen.

Doch dann geht unsere kleine Familie in den Zoo, als der wieder aufmachen darf. Es ist ein richtig schöner Tag. Wir lutschen Eis am Stiel. Xander ist hingerissen vom Tiger, der mit rollenden Schultern an der Glasscheibe auf- und abläuft. Für die Zoos war der Lockdown eine Katastrophe. Die Tiere mussten trotzdem weiter gefüttert werden: Tausende von Gurken und Melonen, eine Palette

Fische nach der anderen, gefrorene Mäuse bis zum Abwinken, eine Parade Ziegenkadaver. Die Zoowärter tun
mir leid, die in ihren olivgrünen Thermowesten Heu in
die Kiepen schaufeln. So viel Fürsorge, und niemand, der
es bezeugt. Ich erzähle Jason und Xander, dass die Ein-
wohner von Paris nach der Belagerung durch die Preußen
ihre Zootiere verspeisen mussten. Victor Hugo aß Elefan-
tensteak. »Tolle Tatsache, Mum.« Xander grinst und hält
den Daumen hoch. Seit dem Beginn des Homeschooling
zieht er mich gern mit meinen tollen Tatsachen auf.

So ziemlich jedes Zootier gilt als gefährdet. Jason ist bei
uns in der Familie der Fotograf – sein Handy hat die beste
Kamera – trotzdem hat er wahrscheinlich noch nie ein
Foto von mir gemacht, auf dem ich nicht Scheiße aussehe.
Wenn er nicht gerade für die Arbeit telefonieren muss,
macht er jede Menge Fotos von Xander und mir, wie wir
lächelnd vor Käfigen stehen. Ich wünschte, er würde sie
sofort wieder löschen.

Oneiromantie: Weissagung aus der Deutung von Träumen

Am Tag der Sommersonnenwende ist das Licht sehr klar. In meinem Garten leuchten orangeblühende Kapuziner-kresse, Lavendel. Der von den Vorbesitzern gepflanzte Ginster duftet nach Honig. Xander sitzt im abgedunkelten Wohnzimmer und schaut bei zugezogenen Vorhängen einen Film. Das weiche Gummiding zur Ablenkung pulsiert unaufhörlich in seiner Hand. »Komm doch raus, es ist echt schön hier«, rufe ich nach drinnen. Ich sitze mit Kaffee und Joghurt am Gartentisch und fühle mich, ganz ehrlich gesagt, wirklich gar nicht so schlecht. Ich schließe die Augen und hebe den Kopf. Kaleidoskop-Pink. In meiner Kindheit habe ich in der Mittsommernacht mal sieben wilde Blumen unter mein Kopfkissen gelegt, meine beste Freundin Nicola kam auf die Idee. Ich sehe die Blumen noch vor mir, flach und zerdrückt auf dem Bettlaken. Ich sollte von meiner wahren Liebe träumen, aber ich träumte gar nichts.

Instagram wird besser darin, meine Wünsche vorher-zuahnen: Hosen, die nicht viel zu kurz sind, lyrische Essays in Buchlänge, hübsche Gesichtsmasken aus Baum-wolle. Die coolen, jüngeren Literatinnen, denen ich auf der Plattform folge, verbrennen Salbei und stellen in flachen Schalen Sonnenwendtinkturen aus Blütenblättern her. Ich wünschte, ich wäre auch so und würde nicht über alles zu viel nachdenken. Andererseits habe ich natürlich keine Ahnung, ob es diesen Frauen wirklich ernst damit ist. Sie legen die Tarotkarten zwar dekorativ auf bunten Decken aus, aber glauben wahrscheinlich gar nicht an Übersinnliches. Sie bauen sich einfach nur einen kleinen Schrein für ihr Ich, ergehen sich in Ritualen, damit sie länger und tiefschürfender über sich selbst nachdenken können.

Doch die ganze Ästhetik spricht mich trotzdem an. Die anderen folgen alle einem Verlag, Ignota, der hat einen Countdown auf seiner Website bis zum Beginn des heißersehnten neuen Zeitalters: Das Luftreich des Wassermanns löst am 17. Dezember den Steinbock ab. An dem Tag schließt sich ein dreijähriger, mit Schwierigkeiten und Herausforderungen belasteter Zyklus, und wir treten in die neue Luftepoche ein. Ich klicke den Verlag an und kaufe mir ein Buch, dann klicke ich von da auf andere Seiten weiter und bestelle mir das I Ging auf Englisch, zusammen mit fünfzig handverlesenen Schafgarbenstängeln und einer Packung Klartraumtabletten. Hinterher komme ich mir ein bisschen wie eine Idiotin vor, aber das ist alles Recherche, sage ich mir – wie sich uralte Wahrsagemethoden auf unsere heutige Art der Prophezeiungen auswirken, von Astrologie-Apps bis hin zum Überwachungskapitalismus, der unser Kaufverhalten vorhersagt. Blabla.

Seit dem Lockdown ist Klarträumen offensichtlich sehr angesagt. Auf Twitter ist alles voll damit. Professionelle Traumdeuter schreiben dazu: »Je intensiver und ausgefallener ein Traum ist, desto eher erinnerst du dich daran. Stressige Zeiten bedeuten unruhige Träume … sich an seine Träume zu erinnern, ist natürlich auch einfacher, wenn man ein wenig unter der Bettdecke liegen bleiben und es sich noch einmal durch den Kopf gehen lassen kann, statt sofort losfahren und an den Arbeitsplatz rasen zu müssen.«

Als ich jung war, hatte ich mal ein Traumwörterbuch. Was daraus wohl geworden ist? Bei den alten Sumerern gab es Traumpriester. Die Ägypter hatten das Traumbuch. Die Griechen waren davon überzeugt, dass die Götter mithilfe von Träumen zu den Sterblichen sprachen. In Penelopes Gänsetraum werden fünfzig Gänse von einem Adler getötet, dann kehrt Odysseus (der Adler des Traums) zurück und tötet die Freier. Im zweiten Jahrhundert nach Christus schrieb Artemidor von Daldis, träumen könne man auf zwei Arten: im *somnium* ließe sich Zukünftiges vorhersagen, im *insomnium* ginge es um aktuelle Ereignisse. In seinem fünfbändigen *Traumbuch* bietet er eine Deutung für jede Art von Traummotiv an. Darin kann man zum Beispiel nachlesen, wenn man träume, mit seiner eigenen Mutter zu schlafen, lasse das viele verschiedene Auslegungen zu, abhängig von der Stellung beim Beischlaf.

Täglich treffen weitere Luftpolsterumschläge bei uns ein. Einwegverpackungen mit Plastikfolie. Kartons mit dem Amazon-Wusch auf der Seite, das mich an ein selbstzufriedenes, schiefes Grinsen erinnert. Als Erstes werden die Klartraumtabletten geliefert. Auf der Packung steht etwas über Oneironautiker, vom Griechischen *oneira*, »Traum«, und *nautis*, »Matrose«. Ein Oneironautiker ist jemand, der gelernt hat, wie man klarsichtig durch die Traumwelt reist. Ein Traummatrose. Dreißig blaue Pillen und dreißig rote Pillen sind in der Packung. Der Wirkstoff in den blauen ist 5-HTP und Beifuß; damit soll der REM-Schlaf verlängert werden. Die roten enthalten Huperzin-A und Cholin und unterstützen die Traumerinnerung und das bewusste Denken während des Schlafs.

Drei Stunden vor dem Schlafengehen schlucke ich eine rote, beim Hinlegen eine blaue Pille. Aber im ersten Traum reise ich nicht mit klarem Blick. Ich habe keinerlei Kontrolle über den Traum. Ich träume, ich sitze in einer Gefängniszelle und fühle mich völlig machtlos. Mein Verbrechen ist eine Übersetzung. Wenn man mich einsperren will, gibt es nichts, was ich zu meiner Verteidigung vorbringen kann, das weiß ich. Das schreibe ich beim Aufwachen in ein kleines Notizbuch, das ich am Bett liegen habe, und fühle mich klein und traurig.

In der nächsten Nacht träume ich, unser Haus stünde in Flammen, aber als ich zum Fenster renne, ist es nicht nur unser Haus, sondern jedes Haus in unserer Straße, alle Häuser in der ganzen Stadt, und London brennt ab wie damals Troja. Nein, wie etwas viel Naheliegenderes. Wie die Wälder an der kalifornischen Küste. Wie die australischen Blue Mountains. Wie der Amazonasregenwald. Wie viele Orte der Welt, genau in diesem Augenblick.

Das ist ein Klartraum, denke ich. Ich kann ihn beeinflussen. Ich kann das Feuer löschen.

Aber ich stehe nur da und weiß nicht, wie.

Causimantie: Weissagung aus dem Verbrennen von Gegenständen

Kein anderer Gegenstand war den Römern so heilig wie die Sibyllinischen Bücher, eine Sammlung von Orakelsprüchen.

Der Legende zufolge soll der letzte römische König Tarquinius Superbus die Bücher von der Cumäischen Sibylle gekauft haben. Sie bot Tarquinius die neun Bücher mit Prophezeiungen zum Kauf an, was der König aufgrund des geforderten horrenden Preises ablehnte. Daraufhin verbrannte die Sibylle drei der Bücher und bot ihm den Rest wieder an, zum gleichen Preis. Tarquinius lehnte ein zweites Mal ab, sie verbrannte drei weitere Bücher und wiederholte ihr Angebot. Jetzt lenkte Tarquinius ein und erwarb die letzten drei Bücher zum vollen Preis.

Danach wurden die Sibyllinischen Bücher in einem Gewölbe des Jupitertempels auf dem Kapitol aufbewahrt. Traten im Lauf der römischen Geschichte größere Krisenmomente auf, wurden die Orakelsprüche konsultiert. Nachdem Hannibal zum Beispiel die römischen Truppen bei Cannae besiegt hatte, schlug man in den Prophezeiungen nach und folgte ihrer »Empfehlung«, zwei Gallier und zwei Griechen bei lebendigem Leib zu begraben. Die Bücher wurden auch befragt, wenn Steine vom Himmel regneten, wenn es tagsüber dunkel wurde, wenn Seuchen ausbrachen. Nero befragte sie nach dem großen Brand.

Es gibt verschiedene Theorien, was aus ihnen geworden sein könnte. Am häufigsten wird behauptet, Heermeister Flavius Stilicho habe die Sibyllinischen Bücher vernichten lassen: darin stand, seine Regierung solle gestürzt werden.

Die Sibyllinischen Bücher sicher aufzubewahren war so wichtig, weil ihre entsetzlichen, vielfältig interpretierbaren Vorhersagen zu politischer Instabilität führen konnten. Darin sind sie den Leaks von Covid-19-Modellierungen sehr ähnlich – den Simulationen, wie viele Menschen demnächst an Corona sterben werden.

Hydatomantie: Weissagung aus Regenwasser

Sobald es wieder erlaubt ist, fahre ich meine Mum für einen Tag besuchen. Aus reinem Pflichtgefühl. Im Morgengrauen setze ich mich zusammen mit Xander ins Auto und fahre die vier Stunden rauf nach Barnsley – wir hören uns den vorletzten *Harry Potter* an, es regnet die ganze Zeit, der Regen wird immer stärker, je weiter wir nach Norden kommen – und dann sitzen wir in zwei Meter Abstand bei ihr im Garten, während sie einen Keks in ihren Tee tunkt. »Ich würde euch ja auch einen anbieten«, sagt sie, »aber das bringt ja nichts, unvorsichtig zu sein.« Tiefe Falten haben sich rund um ihren Mund eingegraben, in dem es nass und rot aussieht wie im Schlund eines Vulkans. Wenigstens lebt sie nicht im Seniorenheim mit neu eingerichtetem »Umarmungsraum«. Wenn ich sie mit einem durchsichtigen Plastikvorhang zwischen uns umarmen müsste, wäre das noch peinlicher als sonst.

Leider hat meine Mutter schlechte Laune, weil sie an diesem Morgen die Mülltonne berührt und dann vergessen hat, sich umgehend die Hände zu waschen, Unterton: Daran sind natürlich ich und mein Besuch schuld. »Jean aus dem Club kann nicht mehr ohne Hilfe laufen«, sagt sie. »Long Covid. Einfach schrecklich. Und die Jugendlichen feiern immer schön ihre Partys.« Ich will wissen, ob sie diese Partys selbst gesehen hat, aber sie meckert einfach weiter, die jungen Leute aus der Straße hätten kein einziges Mal bei ihr geklopft oder Hilfe angeboten, nicht mal der junge Mann, der ihr während des Hochwassers die Sandsäcke gebracht hat.

Xander erkundigt sich nach dem Hochwasser, aber sie zuckt nur die Achseln. Xander sagt: »Wenn ich so alt bin wie Mum, steht ganz Hull unter Wasser.«

Ich kann es nicht abwarten, endlich wieder heimzufahren. Ehrlich. Von dem Besuch bleibt mir eigentlich nur in Erinnerung, dass meine Mutter es nach stundenlangen Bemühungen geschafft hat, ein Zeitfenster für eine Asda-Lieferung zu ergattern, aber dann wurde ihr Mürbeteiggebäck fälschlicherweise durch Blätterteig zum Selberbacken ersetzt, und der frische Eierpudding durch Pudding aus der Dose.

∽

In Jasons Firma haben sie die halbe Belegschaft in Kurzarbeit geschickt, das ist vom Staat geschenktes Geld – sie wären ja wahnsinnig, wenn sie das nicht ausnutzen würden – aber sie erwarten, dass Jason für dasselbe Gehalt wie vorher zusätzlich noch die Arbeit der anderen erledigt. Früher oder später werden Leute entlassen, das weiß jeder. Das ist der offizielle Grund, warum Jason nicht mitfahren konnte nach Barnsley. Jeden Abend sitzt er bis spät am Küchentisch und arbeitet, nebenbei guckt er Boxsets, auf die ich keine Lust habe.

Ich glaube, die Fahrt zur Arbeit fehlt ihm, Podcasts und ein Flat White, die kleinen Bonbons, die der Kapitalismus uns zugedenkt, sobald wir den Button anklicken.

Als wir nach Hause kommen, ist Jason nicht da. Xander

setzt sich sofort an den Computer (fast ein ganzer Tag ohne Zocken, Gott). Dann bekomme ich eine SMS: *Haben Arbeitstreffen in den Pub verlegt*, und als wir ins Bett gehen, ist er immer noch nicht da.

Um eins wache ich mit einem kalten Gefühl der Vorahnung auf. Irgendetwas stimmt nicht. Ich höre Regen auf dem Dach. Ich renne nach unten, reiße die Tür auf, und Jason liegt draußen auf der Treppe und hat keine Socken an. Zusammengebrochen auf dem dreckigen, durchweichten Schuhabtreter. Alter Säufer, genau wie mein Vater. Eine Wunde, Flüssiges sickert und breitet sich aus. Widerlich.

Ich weiß genau, dass er nach Pisse stinkt. Am liebsten würde ich ihn windelweich schlagen.

Mein nächster Gedanke ist Xander. Ich will nicht, dass er seinen Dad so sieht. Ich schleife den bewusstlosen Jason über die Schwelle, als wäre er eine Leiche. »Steh auf«, zische ich. »Rauf, aber zackig«, als würde ich Xander anraunzen. *Geh sofort auf dein Zimmer.* Und ich schiebe Jason die erste Stufe hinauf, und dann stolpert er die restliche Treppe selbst nach oben wie ein Opferlamm auf dem Weg zum Altar.

Oinomantie: Weissagung aus Wein

Als ich am Morgen in die Küche komme, kaut er. Hat sich einen Toast gemacht.

Der goldene Flaum an seinem Doppelkinn erinnert mich an einen sehr unappetitlichen Pfirsich. Gibt es etwas Schlimmeres als einen Mann im Bademantel? Die dünnen, haarigen Waden, die unten herausgucken. Mit sowas muss ich den Rest meines Lebens verbringen. Ich habe es versprochen.

»Was hast du?«, sagt er. »Ich hab meinen Schlüssel nicht gefunden, na und? Ich wollte dich und Xander nicht aufwecken.«

»Als ob du dich daran erinnern würdest!«

»Ich erinnere mich, oder etwa nicht? Du hast mich vor der Tür aufgelesen.«

»Im Koma!«, flüsterschreie ich, weil ich an Xander denke und unsere Nachbarn, deren Streitgespräche wir Wort für Wort mitverfolgen. »Du warst total ausgeknockt, verdammt noch mal!«

»War ich gar nicht. Ich habe nur ein bisschen nachgedacht, okay? Jetzt komm, ich war keinen mehr trinken, seit der Lockdown angefangen hat. Ich habe einen über den Durst getrunken, das machen wir doch alle mal. Es ist einfach sehr stressig momentan. Vergiss es! Jetzt reg dich wieder ab, aber ehrlich. Beim Wein becherst du ja auch ganz ordentlich mit.« Er versucht, mir die Hand um die Taille zu legen, als könnte er mich damit besänftigen, aber ich entwinde mich.

~

Ich habe Trump bisher nicht besonders häufig erwähnt, aber im Hintergrund ist er mit seinem anzüglichen Grinsen immer präsent. Jetzt steht er vor einer Kirche, in der Hand eine Bibel; die Black-Lives-Matter-Aktivisten, die vorher an derselben Stelle demonstriert haben, sind gewaltsam entfernt worden. Er retweetet ein Video, in dem jemand »White Power« brüllt. Er will, dass seine Regierung weniger Coronatests durchführt. Jeden Tag schafft er es in die Schlagzeilen. Während der Ausgangssperre lese ich auf Empfehlung einer Kollegin einen bemerkenswerten Gedichtband von Fiona Benson, *Vertigo & Ghost*. Ihr Zeus ist ein widerlicher, reueloser Vergewaltiger, der nur in Großbuchstaben spricht: »HEY HONEYS / I'M HOME.« Jedes Mal, wenn ich Trump in den Nachrichten sehe, muss ich an diesen Zeus denken. Fiona Bensons Zeus, der »zwischen Regentropfen geht / ohne nass zu werden.«

Ich verblüffe mich immer wieder selbst damit, wie ich sämtlichen Cookies nicht schnell genug zustimmen kann, wenn Twitter mir einen Kommentar zu Trump auf irgendeiner Nachrichten-Site anbietet – dabei habe ich alle 727 Seiten von Shoshana Zuboffs *Das Zeitalter des Überwachungskapitalismus* verschlungen. Bitte, nehmt euch alle Daten, die ihr wollt, Hauptsache, dieser Textkasten verschwindet von meinem Bildschirm. So geht die Welt unter, oder?

Mit jemandem, der klickt:

Akzeptieren   Akzeptieren   Alle akzeptieren
Alle akzeptieren

~

Ich träume wieder von der Gefängniszelle. Die Regierung hat inzwischen umfangreiche Befugnisse. Sie darf dich für das kleinste Vergehen einsperren. Gelegenheitssex. Einen Kindergeburtstag.

Aber als Jasons Dad uns zum Mittagessen einlädt, steht er da mit seiner Lebensgefährtin und ungefähr fünfzehn anderen Leuten auf den Holzplanken seiner Terrasse, die kurzen rosafarbenen Ärmel hochgekrempelt. Der Silberfuchs. »Es ist fast mein Geburtstag, also.« Das selbstzufriedene Grinsen. Er schenkt Chablis ein, erwähnt seinen Freund, der beim *Spectator* arbeitet, dass er nächste Woche nach Palma fliegt, Urlaub in seiner kleinen Lieblingspension. Auf die Idee, uns vorher mitzuteilen, dass es eine Menschenansammlung von mehr als sechs Personen geben würde, ist er natürlich nicht gekommen. Er glaubt nicht, dass Vorschriften auch für ihn gelten. Und vielleicht tun sie das ja auch nicht.

Phrenologie: Weissagung aus Hirnarealen

Ich lasse mir die Haare schneiden. Ich lehne den Kopf weit zurück über das Waschbecken, spüre das kalte Porzellan im Nacken und die Hände der Friseurin in meinem schäumenden Haar und ermahne mich: Genieß das gefälligst! Aber es fällt mir schwer, ich denke darüber nach, ob wir Xander WhatsApp verbieten sollen, weil es Jadens Mum zufolge dort Mobbing gegeben haben soll. Xander und Jaden haben nicht mitgemacht, sondern nur zugeguckt. Außerdem hat Tyler ein Bild von seiner Freundin im Bustier weitergeleitet, wieder vor einer Heizung.

Als ich nach Hause komme, sind wir Besitzer eines Phrenologie-Kopfes geworden. Ich hätte lieber eine Handlesekunst-Hand gehabt, aber wir haben den Kopf mehr oder minder geschenkt bekommen. Jason hat Joey Geld geliehen, obwohl er wusste, dass das vermutlich keine gute Idee ist; das Geld hat er nicht zurückbekommen, dafür kriegen wir jetzt den Kopf, den Joey wahrscheinlich gekauft hat, als er auf Crack war. Eine Geste, die spontan wirken soll, aber nicht so richtig funktioniert, weil es eben doch nur eine Geste ist.

Der Porzellankopf ist schmutzig grau und die Glasur voll krasser Krakelüren, und in der Mitte des Schädels gibt es eine Art Korridor, von dem gehen lauter Rechtecke ab, wie der Lageplan eines Universitätsgebäudes. Es ist unglaublich, wie manche geistigen Eigenschaften nur einen winzigen Quadratzentimeter auf der Stirn belegen – die Vernunft zum Beispiel –, während die Häuslichkeit und ähnliche Anlagen einen Riesenteil des Gehirns beanspruchen, den halben Hinterkopf. Genau wie Egoismus und Eigenliebe. Fast ein Achtel des ganzen Schädels.

Magischer Blick: Weissagung aus der Kristallkugel

Während der vorlesungsfreien Zeit muss ich eigentlich an einer Übersetzung arbeiten. Eigentlich sollte ich den zweiten Roman eines Autors übersetzen, was ich gern gemacht hätte, weil ich eine Menge Arbeit in die von mir eingereichten Probekapitel gesteckt habe, aber der Verlag hat sich entschlossen, wegen Covid keine neuen Übersetzungen in Auftrag zu geben. Mein Einkommen schrumpft zusehends – Lesungen und Konferenzen, ein Essay, alles abgesagt –, aber bisher bemerke ich davon kaum etwas, weil ich so viel weniger ausgebe.

Dem deutschen Roman, an dem ich jetzt arbeite, liegt der Fauststoff zugrunde. Die Autorin spricht nicht sehr gut Englisch und scheint mit allem einverstanden, was ich mache. Arbeiten bedeutet für mich momentan, am Küchentisch zu sitzen und zwei Mokkakannen Kaffee ganz allein auszutrinken. Nach der ersten Tasse wärme ich alle folgenden in der Mikrowelle auf, bis sich ein brauner Ring im Becher gebildet hat. Ich bin das ständige Rotieren der Waschmaschine, das Gurgeln des Geschirrspülers gewöhnt. Jason sitzt im Arbeitszimmer, ist ständig in einem Call, um das Ego von irgendwelchen austauschbaren Typen zu massieren. Xander verbringt die Sommerferien im Wohnzimmer oder in seinem Zimmer. Manchmal höre ich, wie Jason etwas zu ihm rüberbrüllt: *Spiel Schlagzeug* oder *Spiel nicht Schlagzeug.*

Ich verstehe, warum die Romanautorin Interesse daran hatte, eine moderne Fassung des Fauststoffs zu schreiben. Faust will Zauberkräfte, um das gesamte Wissen und alle Zerstreuung der Welt für sich zu haben. Das verspricht ihm der Teufel Mephistopheles, wenn er einen Pakt mit ihm schließt und von nun an sein Sklave sein wird. Diesen Pakt mit dem Teufel haben wir jetzt alle geschlossen. Den ganzen Tag lang starren wir in den magischen schwarzen Spiegel, ins Handy, unsere Kristallkugel. All unsere Träume und Freuden lassen sich dort finden: Jedes Lied und jeder Film der Filmgeschichte, jeder noch so abseitige Porno, Karten der gesamten Welt, Vorhersagen aller Art, Casinos, Kunstgalerien, VIPs beim Frühstück, sportliche Triumphe, Snuff. Wir können uns durch jede Straße bewegen und Livevideos von Eisbärjungen oder Kriegsschauplätzen ansehen. Wir sind genau wie Goethes Faust, als er verkündete:

>*»Und was der ganzen Menschheit zugeteilt ist,*
>*Will ich in meinem innern Selbst genießen,*
>*Mit meinem Geist das Höchst' und Tiefste greifen,*
>*Ihr Wohl und Weh auf meinen Busen häufen,*
>*Und so mein eigen Selbst zu ihrem Selbst erweitern.«*

Im Austausch dafür haben wir uns verkauft. Genau wie Faust sind wir ein Produkt.

[Pause, während ich meine zwölf neuen WhatsApp-Nachrichten checke.]

Natürlich falle ich im Nu hinunter ins Wikipedia-Kaninchenloch und lese alles über die verschiedenen Fassungen des Fauststoffs. Bade mich im gesamten Wissen der Menschheit. Die Faust-Legende nahm ihren Ausgang in Deutschland beim historischen Johann Georg Faust (1480–1541), einem Magier und Astrologen. Das lateinische Adjektiv *faustus* bedeutet »glücklich«. Christopher Marlowes *Die tragische Historie vom Doktor Faustus* ist möglicherweise beeinflusst von John Dee, einem englischen Mathematiker, Mystiker und Alchemisten, der Königin Elisabeth I. als Hofastronom und Berater diente. Ein langer Bart so weiß wie Milch. John Dee setzte sich für die Gründung englischer Kolonien in der Neuen Welt ein und prägte erstmals den Begriff »British Empire«.

Er behauptete außerdem, mithilfe eines Kristallsehers, des Mediums Edward Kelley, hätten ihm Engel mehrere Bücher diktiert, und zwar in der »Engelssprache« oder Henochisch, einer auf Erden bis dahin unbekannten Sprache. Die Buchstaben sind von rechts nach links zu lesen.

Nach fast einer Flasche Wein versenke ich mich eines Abends spät in das Alphabet. Ich bin Linguistin. Ein alberner Gedanke geistert mir durch den Kopf: Wenn ich die Sprache der Engel erlernen könnte …

Aber dann lese ich, erst sei John Dees erste Frau gestorben. Dann starb seine zweite Frau. Als Dee sich zum dritten Mal verheiratete, verkündete ihm sein Medium Edward Kelley, die Engel verlangten, dass sie beide ihre Ehefrauen tauschten. Dee protestierte gegen diese Sünde, bekam aber als Antwort zu hören: »Nichts ist Unrecht, was vor Gottes Augen Recht ist.« Und dann machten sie Partnertausch.

Es handelte sich also nicht um die Sprache der Engel, sondern um die Sprache Mephistos. Wie vielleicht die

ganze Chose – Kristallkugeln, Astrologie, Handlesen –
eine Sprache der Betrüger und Hochstapler ist. Ein Code,
um die Menschen zu korrumpieren.

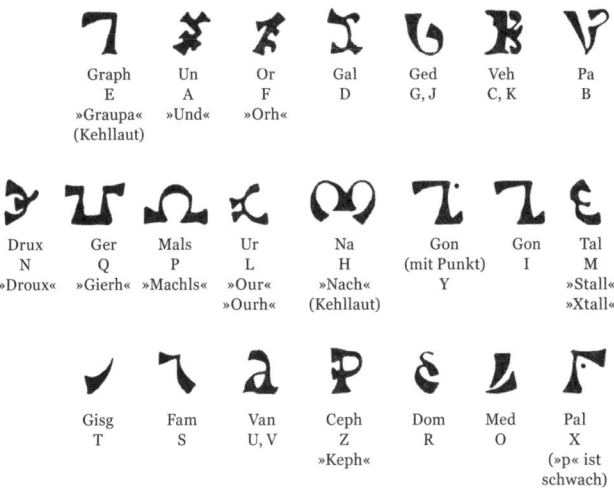

Graph	Un	Or	Gal	Ged	Veh	Pa
E	A	F	D	G, J	C, K	B
»Graupa«	»Und«	»Orh«				
(Kehllaut)						

Drux	Ger	Mals	Ur	Na	Gon (mit Punkt)	Gon	Tal
N	Q	P	L	H	Y	I	M
»Droux«	»Gierh«	»Machls«	»Our«	»Nach«			»Stall«
			»Ourh«	(Kehllaut)			»Xtall«

Gisg	Fam	Van	Ceph	Dom	Med	Pal
T	S	U, V	Z	R	O	X
			»Keph«			(»p« ist schwach)

Nach sechs Jahren im Ausland kehrte Dee nach Mortlake
zurück, fand sein Haus aufgebrochen und seine Bibliothek ruiniert vor, seine kostbaren Bücher und Instru-
mente waren verschwunden. Seine dritte Frau starb an der
Beulenpest. Im Moment sehe ich das Wort »Pest« überall,
aber vielleicht ist mir das früher nur nicht aufgefallen.

[Pause, um den Coronavirus Live-Ticker im *The Guardian* zu lesen.]

Urticariaomantie: Weissagung durch Jucken

Ob Jason zum Partnertausch bereit wäre?

Nein.

Und mit wem sollte ich eine Affäre anfangen? Wenn ich das Haus nicht verlasse, bietet sich dazu kaum Gelegenheit. Ist Sex außerhalb der eigenen häuslichen Gemeinschaft diese Woche überhaupt erlaubt? Kurz nach meinen Tagen bin ich immer sexgeil, wie jetzt, es juckt mich zwischen den Beinen, und ich verspüre eine idiotische Gier aufs Vögeln – noch schnell jetzt, bevor ich eine alte Vettel bin, aber es ist unmöglich, in vielerlei Hinsicht unmöglich. *Es passiert nie wieder etwas.*

Über die Frage, ob Jason vielleicht eine Affäre hat, denke ich nie nach. Warum, weiß ich nicht. Wenn der Gedanke hochkommt, klicke ich ihn sofort weg wie Spam.

Als wir abends zusammen im Bett liegen, bemühe ich mich. Jasons Erektion geht flöten, bevor wir irgendwohin kommen, er brummt Entschuldigungen – Müdigkeit, Bier –, aber ich nehme ihn in den Mund, und dann kommt er doch.

»Was haben wir früher im Sommer für einen Spaß gehabt«, sagt er hinterher. »Weißt du noch? Damals, der Sommer in Berlin. Jede Woche ein anderes Festival. Das waren echt gute Zeiten.« Und er hat recht. Für ihn lief es gar nicht schlecht als DJ, bevor er das alles aufgegeben hat, weil wir uns für Xander entschieden haben, für ein geordnetes Leben. Bevor er in einer großen Geste Hunderte seiner Schallplatten verkauft hat. Das scheint alles so unglaublich lange her, vielleicht ist es gar nicht mehr wahr. Es ist ein Schock, dass er überhaupt noch daran denkt. *Die Klüfte zwischen Mensch und Mensch [wichen] einem übermächtigen Einheitsgefühl.* Totaler Glücksrausch, unendlich viel Energie; die vielen, um uns herumfließenden Menschen; sein verschwitzt glänzendes Gesicht; er hebt mich hoch; der Geschmack von Schweiß auf seinen Lippen. Danach herunterkommen am Strand oder in der heißen Höhle eines Zelts, wo er immer mit einem Ständer aufwachte. Wenn man wie Nietzsche die Welt in das Dionysische und das Apollonische einteilen will, dann spielten wir in unseren Zwanzigern ganz eindeutig im Team Dionysos. Auch wenn es mir immer ein bisschen Sorgen bereitete, wie sehr ich mich abschießen musste, bevor mein Gehirn willens war, den Schalter umzulegen und den Augenblick zu genießen.

»Scheiß 2020«, sagt er. »Aber irgendwann haben wir auch wieder Spaß. Nächstes Jahr. Nächstes Jahr ist das Leben wieder lustig.« Es klingt so komplett unwahrscheinlich, dass ich ihm zärtlich den Hals küsse.

∽

An einem Morgen dusche ich, und ein Gedanke überkommt mich urplötzlich: Vielleicht könnte ich mal ein bisschen allein sein. Eine Welle des Verlangens.

»Kannst du mal eine halbe Stunde auf Xander aufpassen?«, sage ich so beiläufig wie möglich zu Jason.

»Na klar.« Er nickt, als sei das selbstverständlich. »Ich

zocke eine Runde mit ihm. Mach mal Platz, Xander.« Er nimmt den zweiten Controller in die Hand. Xander kratzt sich am Arm und grinst.

»Ich mach dich kalt.«

Warum habe ich mir nicht schon viel früher mal freigenommen? Ich glaube, ich habe noch nicht einmal daran gedacht. Ich schiebe EpiPens und Medikamente in Jasons Richtung und trete hinaus in den Sonnenschein.

Als ich ans Ende unserer Straße komme, ist mir fast schwindlig. Ich komme mir albern vor. Es gibt im Grunde nichts, was momentan erlaubt ist und diese Freiheit rechtfertigen würde, die ich mir gerade nehme. Und es ist unfair Xander gegenüber, ihm den Eindruck zu vermitteln, dass ich vor ihm weglaufe. Am liebsten will ich etwas Erwachsenes trinken, einen bitteren Drink mit Campari drin, der vielleicht den Schalter in meinem Gehirn mal wieder umlegen würde. Aber ich habe kein Buch dabei. Ich kann nicht einfach dasitzen und mit meinem Handy spielen. Also gehe ich in Richtung Einkaufsstraße. Auch die Geschäfte, die über den täglichen Bedarf hinausgehen, haben wieder geöffnet. Ich setze meine Maske auf, die dreckig ist von den Krümeln und Kulis im Bodensatz meiner Handtasche, betrete einen Laden und kaufe ein Paar Ringelsocken und eine gutriechende Kerze, die man sicher irgendjemandem wird schenken können.

Ich begegne einer anderen Mama, der Mutter eines Klassenkameraden von Xander, vor dem Unverpacktladen, wo man sich sein Spülmittel selbst abfüllt. Sie hat ein ganzes Netz voller Gläser dabei. Voller Panik wird mir klar, dass ich ihren Namen vergessen habe. »Wie geht's Xander?«, fragt sie.

»Na ja, geht so«, sage ich. »Wie geht es –«. Mir wird klar,

dass ich die Namen ihrer Kinder auch nicht mehr weiß. »Euren Kids?«, sage ich. Sie sind auf jeden Fall Plural, soviel weiß ich zum Glück noch.

»Wir haben echt Glück gehabt«, erwidert sie. »Sie durften in die Notbetreuung, mein Mann ist Beamter, das zählt als systemrelevanter Beruf. Jetzt in den Sommerferien ist es nicht mehr so einfach, Milo macht seinen Bruder wahnsinnig, aber nächste Woche fängt zum Glück ein neues Au Pair bei uns an.« Smalltalk hat mir echt nicht gefehlt. Au Pair! Die kann mich mal! Den Namen von dieser reichen Ziege will ich auf keinen Fall wissen.

∼

Ich bin im Park mit Xander, wir schlängeln uns zwischen den Autos mit ihren toxischen Abgasen und den Picknickdecken hindurch. Er hat die Schirmmütze tief ins Gesicht gezogen, seine dunklen Klamotten absorbieren das Sonnenlicht. Diesen Sommer will er nur Langärmliges tragen – irgendeine neue Gehemmtheit. Er berührt einen Lampenpfosten. Er berührt einen Baum. Er berührt ein Tor. Der Eiswagen verhöhnt ihn mit seinem giftstrotzenden Klingeln. Xander steigt auf das große Klettergerüst und kommt die Seilrutsche herunter. Er kratzt sich im Nacken. Ich sehe aufs Handy, und die Duolingo-Eule schimpft mich aus, weil ich einen Tag kein Italienisch geübt habe. Ob ich einen *Streak Freeze* kaufen will? Ich blicke auf, und Xander fasst sich mit seinen Dreckfingern an die Lippen. »Hier«, sage ich, als er in Hörweite ist und ich es nicht länger aushalte, und strecke ihm ein Fläschchen Desinfektionsmittel hin. Ich bin mir nicht mal mehr sicher, ob ich mich vor Coronaviren oder Spuren von Sesamsamen fürchte, aber mittlerweile gilt meine Paranoia jedenfalls als normal.

Handdesinfektionsmittel auf die trockene Handfläche geben. Die Lösung muss die Hände komplett benetzen. Das Mittel auf der gesamten Hand verteilen. Nicht vergessen: Auch auf Fingerspitzen, Daumen, Handgelenken und Nagelfalz gründlich einreiben.

Ständig singt Xander dieses Lied vor sich hin: »Dumb Ways to Die«. Es ist irgendeine Aufklärungskampagne aus Australien, es geht um Sicherheit an Bahngleisen – ein kleines Video mit bunten Blobs, die von Haien aufgefressen werden oder ihre Finger in die Steckdose stecken, zu einer pseudofröhlichen Melodie – trotzdem bekomme ich kaum noch Luft, wenn er das singt, und das nachsichtige Lächeln verrutscht mir komplett. *So many dumb ways to die.* Die dunklen Wolken hängen tief. An manchen Tagen fühle ich mich, als würde ich den Himmel hochhalten.

Wieder zu Hause angekommen mache ich ihm Fleisch. Ich habe Schuldgefühle, weil er weder Picknick noch Eiscreme essen darf, aber Fleisch ist in Ordnung, Fleisch darf er. Ich erlaube mir keinen Gedanken an Klimakatastrophe oder Krebs, alles wird verdrängt, weil mein Xander etwas Besonderes verdient hat. Ich brate ihm zu viel Speck zum Mittagessen, genau wie eine schlechte Mutter, die das auch tun würde, nur aus anderen Gründen.

Schematomantie: Weissagung aus dem Gesicht

Alle Menschen, denen ich auf den verschiedenen Kanälen folge, sind eindeutig für das Maskentragen, und ich bin auch dafür – natürlich sollten wir auf jeden Fall alle einen Mund-Nasen-Schutz tragen, rein aus Rücksicht auf die Kassiererinnen und Busfahrer, auch wenn ich davon ausgehe, dass meine schmuddelige Baumwollmaske mich persönlich vor gar nichts schützt. Andererseits hasse ich die Dinger auch. Selbst wenn ich sie nur ein paar Minuten lang aufhabe und meinen eigenen heißen, abgestandenen Atem einatme, fühle ich mich zutiefst eingeschränkt, als könnte ich damit nicht mehr so gut sehen oder hören, auch wenn das beides gar nicht stimmen kann.

Jay, meine diverse Kolleg:in, setzt immer noch auf völlige Abschirmung. J behauptet, seit März nicht mehr das Haus verlassen zu haben, was auf mich allmählich den Eindruck von ernsten psychischen Problemen macht. In jüngeren Jahren hat they an Chronischem Erschöpfungssyndrom gelitten, insofern verstehe ich die Angst vor Long Covid.

Manchmal WhatsAppen wir über YouTube-Videos oder schicken uns Altertums-Memes. Eine Frau, die das Kolosseum aus einer Wassermelone schnitzt. Wir bewundern beide Emily Wilson, die erste weibliche Übersetzerin der *Odyssey*. Sie postet täglich durchgeknallt-geniale

Videos, in denen sie Passagen aus der Odyssey in selbstgebastelten Kostümen vorliest. Ihre Sirene hat Federn im Haar und ein Mikrofon. Jay bezeichnet sich als »Stan«, und ich muss das Wort googeln: Ein Stan ist ein Stalker-Fan. Auf Twitter folge ich Jay auch, wo they den Anne-Carson-Bot retweetet. Insbesondere Antigone scheint eine Lieblingsfigur zu sein – die junge Aktivistin, die sich ständig gegen die alten Säcke zur Wehr setzt. Ich retweete Jays Retweets oder reagiere mit anderen Zitaten oder Emojis: Herzchen-Emoji, Feuer-Emoji, Blitz-Emoji, tragische und lustige Masken-Emojis. Eine echt akademische Diskussion also.

Jay folgt @poetastrologers, also folge ich ihnen auch. Ich weiß noch genau, was J bei unserem Kennenlernen zu mir gesagt hat: »Verrat mir nichts. Du bist Waage, an der Grenze zum Skorpion«, und ich fühlte mich sehr von J gesehen. Das ist der Trick, oder nicht? Man braucht nicht mal richtigzuliegen. Es ist schon begeisternd, überhaupt angeschaut zu werden.

Vielleicht hasse ich die Gesichtsmasken deswegen so. Niemand guckt einen mehr richtig an. Aber ganz stimmt das ja nicht – früher habe ich doch das Gefühl der Anonymität in der Großstadt immer genossen, als Anonymität noch Gelegenheit zu Rebellion und Abenteuer bedeutet hat. Es ist dieses Gefühl, mich anonym konformistisch zu verhalten, das ich so unglaublich grotesk finde. Als würde ich meiner eigenen Auslöschung zustimmen.

Selenomantie: Weissagung aus dem Mond

Es ist immer befriedigend, wenn etwas einen Namen hat und dadurch klarer wird. Ich bin erleichtert, als ich herausfinde, dass es ein deutsches Wort für die bohrenden Schmerzen gibt, die mich seit Neuestem in der Mitte meines Zyklus überfallen, ungefähr zur Zeit des Eisprungs: *Mittelschmerz.*

Doch der Mond, der Mond. Heute Abend habe ich ihn sehr lange angesehen. Den Mond, den Homer betrachtet hat, Sappho.

Er bewegt mich immer wieder aufs Neue.

Silbern mit rosigen Fingern: der Mond Mond Mond.

Thrien: Weissagung aus Kieselsteinen

Die Welt des Altertums war voller Dreiergespanne. Die Furien natürlich. Die Parzen. Die drei Grazien. Die Gorgonen. Die Graien, die »Greisinnen«, von denen Xander als Kind gar nicht genug bekommen konnte. Er fand es herrlich gruselig, wie diese drei Hexen sich einen Augapfel und einen gelben Stummelzahn teilten.

Ich war noch nie Teil einer Mädchenclique. Rein rechtlich gesehen dürfte ich jetzt mit anderen Frauen einen trinken gehen, aber niemand lädt mich ein. Nach der Geburt von Xander und dann der Fehlgeburt habe ich mich nicht genug angestrengt, meine Freundschaften zu pflegen. Aus den Oxford-Studienzeiten kenne ich noch ein paar Leute, aber die eine schirmt sich von allem ab, und eine andere ist den Sommer über in das Ferienhaus ihrer Mutter in Sussex gezogen.

Ich finde Frauengruppen sowieso angsteinflößend. Ich habe von einem Schwester-Dreiergespann gelesen, die sich die Thrien nennen. Sie haben die Köpfe alter Frauen, die mit einer Art weißem Pollen besprenkelt sind, und den Unterleib und die Flügel von Bienen, und ich glaube, ein bisschen stelle ich mir alle Frauen so vor: Ein ewiges Gesumm, Klatsch und Tratsch, ausschwärmende Nektartrinkerinnen, die mit ihrem Stachel richtig zustechen können. Die Thrien waren drei Nymphen, die an den heiligen Quellen der Korykischen Höhle am Parnass lebten. Die wollte ich auf unserer Reise nach Delphi auch

102

besichtigen. Eigentlich hätten wir sie dieses Jahr zu sehen bekommen. Ob ich das Gesumm dieser Monsterfrauen wohl in der Luft gespürt hätte? Ihre gestreiften, dicken Unterleiber, den rasend schnellen Schlag ihrer durchsichtigen Flügel?

Eine Biene auf dem Fensterbrett. Ich breche umgehend in Panik aus. *Xander.*

Früher galt die Biene als heiliges Insekt, das zwischen Natur und Unterwelt umherschwirrte. Vielleicht, weil ein Stich töten kann – zumindest die Allergiker. Die Thrien verfügten über die Gabe der Divination, sie konnten die Wahrheit verkünden und halfen Apollon bei der Weiterentwicklung seiner Gaben. Sie wahrsagten, indem sie Kieselsteine in eine Urne warfen. Melaina, eine der Thrien – ihr Name bedeutet »Die Schwarze« – war vielleicht Apollons Geliebte. In einer Variante der Sage hatte sie ein Kind mit dem Gott, das sie Delphos nannte, und der Name Delphi rührt daher. Auch die Orakelpriesterin von Delphi wurde oft als »Biene« bezeichnet.

Die Biene hebt ab und schwebt, wie eine Minidrohne über einem Dorf.

Ob das Wort »Drohne« daher stammt? Die umherfliegende Biene scheint Unglück zu bringen. So ruhig wie möglich leere ich mein Wasserglas und schleiche dann auf die Biene zu, schwindlig vor lauter Anspannung.

»Was machst du da, Mum?«, fragt Xander.

»Nichts …« *bzzzzzzzzzzzzzzzzzzzzzzzzzzzzzzzzzzzzzz*

z

z

z

z

Zzzzzzzzzzzzzzzzzzzzzzzzzzzzttt PENG. [–.] »Hab sie!«

Sie rasselt im Glas wie ein Kiesel und surrt ärgerlich von unten gegen die Urne. Prophetisch. Gefährdet. Ein Fellchen, das sich nicht streicheln lässt. Wenn sie sich verteidigen will, muss sie Selbstmord begehen, ihr Körper ist Zaubertrick oder Hinterhalt.

»Die arme Biene«, sagt Xander. »Wir müssen die Bienen retten, Mum.« Aber ich habe ihr doch gar nichts getan! Sie lebt noch. *Ich rette dich, Xander,* denke ich. *Ich glaube, ich rette dich.*

Alphitomantie: Weissagung aus Gerste

Ist dieser Monat im Flug vergangen oder hat er sich zäh wie Kaugummi hingezogen? Ich denke viel über Zeit nach. Aristoteles war davon überzeugt, dass Zeit nicht vergeht, wenn sich nichts verändert. Zeit ist unsere Art, Veränderungen zu messen.

Früher, als ich viel im Bus saß und noch Gelegenheit zum Genusslesen hatte, las ich Carlo Rovellis *Die Ordnung der Zeit*. Das Konzept, man solle »Gegenstände« – einen Stein, einen Baum – besser als monotone Ereignisse betrachten, begeisterte mich.

Diesen Sommer fühle ich mich wie ein einziges monotones Ereignis.

Wenn ich die griechischen Sagen lese, beschleicht mich oft das Gefühl, für die alten Griechen sei das Leben eine Art Videospiel gewesen. Das klingt jetzt vielleicht doof, aber ich meine – wenn Dido sich umbringt oder die Tür in Antigones irdenem Verlies zufällt, stelle ich mir immer vor, wie ein Banner aufleuchtet: GAME OVER GAME OVER. Im Film *Jason und die Argonauten* machen die Götter im Olymp ein Brettspiel – die Vorstellung von uns Menschen als Figuren auf einem Schachbrett. Aber im Grunde habe ich eher ein Computer- oder Videospiel vor Augen.

Die Viele-Welten-Interpretation (MWI) der Quantenphysik besagt, dass wir in einer fast unendlichen Zahl von

Universen leben. Bei jeder Entscheidung, die wir treffen, teilen wir uns in mehrere Kopien auf. In vielen dieser Universen existieren Repliken von uns selbst, die ein jeweils anderes Leben führen. Meine anderen Ichs mit ihren anderen Partnern, ihren atmenden Töchtern, ihren überlebenden Vätern, toten Söhnen. Vielen, vielen toten Söhnen. Die dummen Kühe mit ihren kleinen Fehltritten tun mir leid: zu lange gezögert, bis sie den Krankenwagen gerufen haben, die Liste mit den Inhaltsstoffen nicht richtig gelesen, einen Krümel übersehen. Ich stelle mir vor, wie sie Selbstmord begehen würden, um ihrem Elend ein Ende zu setzen. GAME OVER GAME OVER.

Wenn ich Romane schreiben könnte, würde ich einen Roman über einen Mann schreiben, der von all seinen Ichs immer das meiste Glück hat – der irgendwie den Kniff raushat, mit jedem Zufall, jeder Entscheidung in die richtige Welt reinzurutschen. Ein Mann, der alles hat, alles erreicht, aber mit der ständigen Schuld leben muss, seine tausend anderen Ichs zurückzulassen, die leiden, verlieren, sterben und ihn verteilt in Raum und Zeit verfluchen.

~

In Zukunft wird das Leben vielleicht nur ein Spiel sein.

Das ist es doch, was viele Menschen wollen, oder? Diese Denkschule nennt sich Akzelerationismus. Ihre Anhänger unterstützen die immer schnellere und immer intensivere Vorantreibung der Computertechnologie – es sei am besten so, weil es sowieso keine andere Möglichkeit gäbe. Sie wollen totale Automatisierung. Sie wollen, dass Mensch und Maschine eins werden. Sie nennen das die technologische Singularität – wenn digitale und menschliche Intelligenz sich untrennbar verbinden und wir diese schmutzige, materielle Welt hinter uns lassen können.

Und dann gibt es auch noch die Patternisten, die das Bewusstsein als Pattern, als bestehenbleibendes Muster aus Materie und Energie betrachten. Unsere Persönlichkeit ist in diesen Mustern enthalten und läuft derzeit auf der reichlich altmodischen Hardware des Körpers. Die Patternisten glauben, dass man diese Persönlichkeitsmuster zukünftig auf Roboter übertragen und auf Supercomputern speichern wird. Unsere Seelen werden dadurch Unsterblichkeit erlangen, unsere Körper spielen keine Rolle mehr.

Vor nicht allzu langer Zeit habe ich mehr oder minder zufällig zum ersten Mal Virtuelle Realität ausprobiert, in der Tate Modern. Ich stand in Modiglianis Atelier. Eng und düster war es darin, der Regen pladderte gegen die Scheiben. Aber es wollte mir einfach nicht in den Kopf, dass ich gleichzeitig in einem Saal im Tate Modern und in Modiglianis Atelier stand. Es klappte nicht.

Das andere Mal war an der Uni in einem Seminarraum: Ich stand mit übergestülpter VR-Brille bis zur Hüfte in einem wogenden Kornfeld. In dem Kornfeld gab es irgendein Denkmal, ein enormer, hoch aufragender, grauer Felsklotz, und ich befand mich davor, aber auch nicht, und dachte an meinen Sohn, der so weit weg von mir war. Schrecklich traurig war mir zumute, als wüsste ich, dass er irgendwann einmal an diesem Ort enden würde, und er fehlte mir so schrecklich mit seinem krummen, juckenden Körper.

In der echten Zukunft werden wir dorthin entkommen, oder nein, man wird uns dorthin treiben. Damit wir etwas zu tun haben, damit wir Daten produzieren statt Revolution und nur noch minimale Ressourcen in Anspruch nehmen. Wenn wir dann in der Virtuellen Realität leben, werden wir bald vergessen, dass wir in Wirklichkeit auch noch woanders sind, in einer verlöschenden, ausgebeuteten Welt, die dreckig und vergiftet ist.

In einer Nacht habe ich nach einer Klartraumpille eine weitere Vorahnung. Sie ist sehr klar und wahr. In der echten Zukunft stehe ich bis zur Hüfte in einem Gerstenfeld, Klatschmohn, eine zusammengekrümmte Spitzmaus, Wildblumen, ein Regenbogen, über den Himmel jagende Wolkenfetzen, außer dass es VR ist und ich nicht die warmen Kornähren zwischen den Fingern spüren und nichts riechen kann, und mit der Libelle, die vorbeischwirrt, stimmt auch irgendetwas nicht, irgendein winziger Glitch.

Ständig habe ich diesen dumpfen Druck auf den Augen.

Immer rede ich mit Xander, aber ich bin mir nicht ganz sicher, dass er wirklich mein Sohn ist, ist das mein Sohn? Ich weiß, Xander würde sich als erster ständiger Bewohner dieser Welt melden, Muskeln und Knochen bedeuten ihm nichts. Nur zu gern würde er seine echte Haut gegen eine von den »Skins« eintauschen, die man beim Gamen erwirbt.

Aber in der Zukunft fehlt seinem Atem die Feuchtigkeit, seiner Oberlippe der Schweiß, irgendein winziger Programmierfehler. Eine kleine Nachlässigkeit im Design. Seine Hände sind zu glatt. Und ich bin schon fast davon überzeugt, dass er es nicht selbst ist. Es ist ein Trick, er ist nicht da, das ist er gar nicht. Was haben sie mit ihm gemacht?

Ich lebe in den Gedanken einer anderen Person, und vielleicht hält diese Person ihn ja nur für meinen Sohn, und es ist gar nicht mein Sohn.

~

Viele Menschen, die an Gott glauben, sind davon überzeugt, dass die Welt voller Zeichen steckt. Dass wir diese Zeichen nur richtig deuten müssen. Das Auto soll einen Unfall haben, die Straße unter Wasser stehen, die Ehe auf die Probe gestellt werden, der Krebs soll wachsen, das Baby sterben. Alles ist eine Strafe oder ein Segen Gottes. Die alten Griechen hielten jeden Kometen für ein Zeichen, jeden Blitz, jedes Stück Fleisch. Es wimmelte nur so davon. Als wären es Maden. Schriftstellerinnen verwandeln die Welt in Zeichen, sie erschaffen eine Welt, die geordnet und heilig ist. In den Romanen, die ich übersetze, hat alles etwas zu bedeuten und steht aus einem ganz bestimmten Grund da: die Gerste, der Regen, das fliederfarbene Ballkleid, das Ekzem. Manche Menschen nehmen auch die echte Welt so wahr – sie glauben, dass eine Botschaft für sie versteckt ist, wenn jemand TIGGER an die Wand gesprüht hat, dass in der Müslipackung eine Botschaft zu finden ist, dass rote Transporter ein Code sind – wir bezeichnen diese Leute als verrückt. Aber in der echten Zukunft wird die VR-Welt, in der wir existieren, tatsächlich lesbar sein. Die Mauerblume, der Krebs, die Graffiti, der Wurm, die Chipsmarke, die Farbe eines Shirts. Damit meine ich: Das wird alles im Quellcode eingeschrieben sein, und wenn wir es wie einen Traum oder eine symbolhafte Erzählung interpretieren, dann wird es das auch sein.

Gyromantie: Weissagung aus Schwindelgefühl

Als ich ins Arbeitszimmer gehe, um die Bügelwäsche zu holen, und sehe, dass Jason Candy Crush spielt, raste ich um ein Haar aus vor Zorn.

CandyCrushGate.

Ich atme tief durch und versuche, meine Reaktion im Hier und Jetzt zu hinterfragen, bevor mir etwas herausrutscht. Ich denke daran, dass ich es geschafft habe, Xander an diesem Tag in einem Sommer-Kunstworkshop unterzubringen, der noch nicht ausgebucht oder abgesagt war und wo es keine Probleme mit seinen Allergien gab. Ich musste jede Menge Formulare mit seinen Angaben ausfüllen, ihm das Mittagessen zurechtmachen und einpacken und ihn eine Viertelstunde lang hinfahren, damit er pünktlich um 9:45 Uhr da war, dann zurückfahren, musste zu einem Zoom-Termin mit einer wahnsinnig nervenden Doktorandin, die ständig etwas von mir will, hatte kaum ein paar Stunden für meine Übersetzung, musste dann wieder losfahren, um Xander um 15:15 Uhr abzuholen und ein paar zusammengebastelte Müslipackungen zu bewundern, die ganz ehrlich gesagt nicht mehr als das absolute Minimum an Innovation aufwiesen, dann mit Zwischenstopp am Tesco und Tanke zurückfahren, Xanders Abendessen zu- und unseres vorbereiten, mit ihm Fußball im Garten spielen und abwaschen – ich geb's zu, ich langweile mich schon selbst. Und nun will ich mich ans Bügeln machen, während Xander endlich ans Tablet darf, weshalb ich Schuldgefühle habe, und diesen ganzen Tag lang hat Jason das Arbeitszimmer nicht verlassen, weil er »so schrecklich viel zu tun hat«, und nun stellt sich heraus, dass er am Zocken ist, das erbärmlichste, kleine, komplett süchtig machende Spiel, bei dem man plastikartige »Süßigkeiten« sammelt, die Schmuckstücken ähneln, welche man einer Dreijährigen schenken würde.

»Was ist?«, fragt er.

»Nichts«, antworte ich. »Was spielst du?«

»Candy Crush Saga.«

»Ach? Saga, ja? So eine Art langes, narrativ komplexes Versdrama, womöglich in Altnordisch verfasst?«

»Ich brauche einfach mal fünf Minuten Pause, ich hatte einen echt beschissenen Call. Einer von den Finanzierungspartnern ist ausgestiegen. Eine kleine Pause wird ja wohl erlaubt sein, ich arbeite nicht bei Amazon im Lagerhaus.«

»Oh«, sage ich. »Tut mir leid. Ich hatte heute auch einen beschissenen Call.«

»*Yes*«, brüllt er, als eine Reihe kleiner Bonbons verschwindet. Unser Gespräch ist offensichtlich beendet. Ich nehme die Bügelwäsche mit nach unten. Der Gedanke kommt mir: Wenn Jason eine Affäre hätte, könnte ich ihm den Sex vergeben, aber die verschenkte Zeit niemals.

~

Was, wenn es alles nur ein Spiel ist?

Einmal habe ich einen Artikel im *Guardian* gelesen, von Meghan O'Gieblyn, über eine philosophische Denkrichtung, die sich Transhumanismus nennt. In seiner *Göttlichen Komödie* prägte Dante Alighieri im ersten Gesang vom Paradies das Wort »trasumanar«, was so viel bedeutet wie: »die menschliche Natur überschreiten, über die menschliche Natur hinausgehen«.

Der *Guardian* beschreibt den Glauben der Transhumanisten an Gott als Designer und Jesus als seinen digitalen Avatar. Angeblich weise die christliche Lehre von der Entrückung, der Endzeit, in der die Christen ihre irdischen Körper zurücklassen und »hingerückt werden in den Wolken dem HERRN entgegen in der Luft«, viele Parallelen zum Konzept der Singularität auf – dem Augenblick, in dem unsere Seelen unsterblich werden, in alle Ewigkeit, Amen.

Was ist, wenn wir schon in der Virtuellen Realität leben? In letzter Zeit denke ich oft darüber nach. Ich habe gelesen, Elon Musk glaubt, dass wir uns in einer Simulation befinden. Einmal habe ich einen Vortrag von ihm gehört: Wenn es keine Katastrophe gibt, von der die menschliche Zivilisation ausgelöscht wird, dann kommt der technische Fortschritt mit Simulationen, die nicht von der Realität zu unterscheiden sind, unweigerlich, sagt er. Wenn das stimmt, dann leben wir wahrscheinlich schon in einer Simulation. Wahrscheinlich kann man nur hoffen, dass wir in einer leben.

Wenn ich mehr als eine Flasche Wein getrunken habe und im Bett die Augen zumache und trotzdem dreht sich alles weiter, die Finsternis kreist, dann fühlt es sich fast so an, als sei mein Kopf Teil eines riesigen Netzwerks, das sich durch die schwarze Unendlichkeit erstreckt, eine Million winzige, flackernde Verbindungen, wie tanzende, miteinander vernetzte Schneeflocken. Sind die granularen »Quanten«, die Körnchen des Universums, so etwas wie Pixel?

Die Viele-Welten-Interpretation stützt sich auf das Gedankenexperiment mit Schrödingers Katze: der Versuch, etwas zu beobachten, verändert den beobachteten Gegenstand. Je kleiner das Objekt, desto wahrer ist das. Wie wenn man etwas durch die VR-Brille betrachtet, und das System bemerkt den Blick, und die Tür öffnet sich.

Mitternacht. *1:18 Uhr.* Ich berühre das Handy, und das aufleuchtende Display verrät mir die Zeit: *2:26.* Ein Schluck Wasser. Je länger ich schlaflos im Bett liege, während sich alles um mich dreht, desto größer wird die Überzeugung, dass alles ein Spiel ist. Ist es ein Multiplayer Game? Ist die Rettung der Welt das Ziel des Spiels? Ein guter Mensch zu sein? Irgendwo habe ich gelesen, mit dem menschlichen Leben auf der Erde könnte es schon in fünfzig Jahren vorbei sein, mehr oder minder zur selben Zeit, wenn ich den Abgang mache. Kann das wirklich Zufall sein? In meiner Kindheit ging es im Geschichtsunterricht immer nur um die Nazis und die Frage: Wie hätten wir uns verhalten?, und jetzt ist der Faschismus schon wieder da. Und das soll alles Zufall sein?

Wenn ich tatsächlich nur eine Figur in einem Spiel bin, in dem ich mich bewähren muss, was ist dann das Ziel des Spiels? So viel wie möglich zu erleben? Ich sitze tagein, tagaus hier zu Hause fest. Ich bin eine volle Niete in diesem Spiel. Ich komme einfach nicht aus diesem einen bescheuerten Level raus. Was muss ich tun, um endlich das nächste Level zu erreichen?

Papyromantie: Weissagung aus Papiergeld

Manche Menschen schaffen es raus aus diesem beschissenen Level. Es gibt welche, die sich irgendwie mit einem Mal in Frankreich oder Spanien oder Griechenland materialisieren und Bilder von Sandstränden posten. *Sieht so aus, als hätten wir es nach Puglia geschafft!* Besonders die mit viel Geld. Das Thema Delphi kommt wieder auf den Tisch, aber wir haben immer noch keine Rückerstattung für unseren letzten Flug bekommen, außerdem kann Jason sich nicht freinehmen. Nächstes Frühjahr, versprechen wir Xander. Als ob die Versprechen von Erwachsenen oder Reisebüros noch etwas zählen würden.

Trotzdem kann ich nicht aufhören, daran zu denken. Von dieser Reise zu träumen. Das erste Heiligtum in Delphi bestand aus Bienenwachs und Federn, das zweite aus Farn, das dritte aus Lorbeer, das vierte aus Bronze mit goldenen Nachtigallen auf dem Dach (aber es wurde von der Erde geschluckt), das fünfte aus Stein (das leider abbrannte), dann wurde es durch den gegenwärtigen Schrein ersetzt.

Am Apollontempel sind hundertsiebenundvierzig Aphorismen in den Stein gemeißelt, die delphischen Maximen, die angeblich von der Pythia stammen und insofern mittelbar von Apollon selbst. Die drei berühmtesten stehen über dem Eingang:

Erkenne dich selbst

Nichts im Übermaß

Bürgschaft bringt Ruin

Cybermantie: Weissagung aus dem Datennetz

Sehnsucht. Sehnsucht. Im August vergeude ich eine Stunde mit der Suche nach einer eleganten Übersetzung des deutschen Wortes *Sehnsucht* – zusammenfassend gesagt das unstillbare Verlangen nach Glück und dem Unerreichbaren.

Ich gehe an einem Wetherspoon Pub vorbei; davor hat sich eine Riesenschlange an wartenden Essensgästen gebildet, das Motto lautet: *Eat Out to Help Out. Dishy Rishi Sunaks Specials.* Da braucht man kein Orakel zu sein, um zu wissen, wie das enden wird: mit der nächsten Covidwelle.

Jason geht ständig Bier trinken und beschwert sich darüber, dass er jedes Mal eine neue App runterladen und alle möglichen Angaben über sich machen muss. Er geht mit Toby einen trinken, der für eine beschissene Großbank in der City arbeitet, aber Tobys Telefon geht der Saft aus und Jason muss sämtliche Runden bezahlen. Toby und Meesha sind wieder zusammen und kommen zum Abendessen zu uns, was kurzfristig erlaubt ist, und bringen eine teure Flasche libanesischen Rotwein mit. Jason sieht gut aus an diesem Abend – weil er ein Oberhemd trägt oder mit jemand anderem als mir redet, ich weiß es nicht.

Niemand ist überrascht, als die Abiturnoten bekanntgegeben werden und die universitären Zulassungsstellen landesweit im Chaos versinken. Meine Uni weiß nicht, was sie tun soll. Abertausende weinender Abiturienten, denen Zweien vorhergesagt wurden, bekommen auf einmal Vieren und werden deswegen nicht an den Universitäten ihrer Wahl zugelassen. Wie sich herausstellt, wurden die Noten nach einem Algorithmus vergeben, $P_{kj} = (1 - r_j)C_{kj} + r_j(C_{kj} + q_{kj} - p_{kj})$. In dieser Formel ist C_{kj} der Durchschnitt des Notenspiegels der Schule in den letzten drei Jahren, 2017 bis 2019. Die Noten der Schülerinnen und Schüler werden also danach vergeben, wie gut die Schule früher abgeschnitten hat. Das Problem besteht darin, dass vorherige Jahrgänge vielleicht einen schlechten Tag bei der Prüfung hatten, aber in diesem Jahrgang hatte *keiner* einen schlechten Tag. Es gab gar keine Prüfungen. Die Regierung sagt zu Tausenden von Kindern aus der Arbeiterklasse: Euch ist vielleicht eine Eins in Aussicht gestellt worden, aber uns kommt ihr wie Leute vor, die garantiert ihr Leben in den Sand setzen, also gehen wir einfach mal davon aus, dass ihr genau das getan habt.

Auf Daten gestützte Vorhersagen sind die präzisesten Weissagungen der Menschheitsgeschichte. Sie lassen sich bloß nicht auf den Einzelnen beziehen. Beim Individuum versagen sie.

Natürlich ist das jetzt nur der Anfang, ätze ich in diversen Kontexten. Demnächst wird unser ganzes Leben davon eingeschränkt, was die Daten über uns prophezeien: unsere Jobs, Wohnungssuche, Reisen, Freiheiten. Die Pandemie dient den Regierungen der Welt als Entschuldigung, jede unserer Bewegungen und Interaktionen nachzuverfolgen. In China kann man jetzt schon mit KI die Straße nach Wärmequellen absuchen und Gesichter sogar mit Maske erkennen. *Ein Bewohner klagte auf Weibo, sein Code sei unerklärlicherweise von Grün auf Gelb umgesprungen, was anzeigte, dass er in Quarantäne musste. »Ich kann nicht mal nach draußen, um Brot oder Wasser zu kaufen.«* In Szechuan müssen Mah-Jong-Spieler eine auf Video aufgezeichnete Entschuldigung verlesen: »Wir haben uns falsch verhalten. Wir versprechen, das nie wieder zu tun und dafür zu sorgen, dass andere es auch nicht tun.« Ich lese über »vorausschauende Überwachung« in der Uiguren-Region Xinjiang. In einer Datenbank sind die persönlichen Vorlieben der Menschen verzeichnet, zum Beispiel, ob man lieber die Vordertür oder die Hintertür benutzt. Man kann einen Eintrag dafür bekommen, dass einen die Schwester aus dem Ausland vier Minuten lang anruft oder dass man »nach den 1980ern geboren« ist.

Es ist der Sommer von Black Lives Matter. Schwarze Quadrate auf Instagram. Trump nennt Black Lives Matter ein »Symbol des Hasses« und lässt die Nationalgarde aufmarschieren. In unserem Fachbereich wird ein Memo verschickt, wir bräuchten mehr Studierende aus ethnischen Minderheiten, aber es bewerben sich keine für klassische Philologie. Warum sollten sie auch, vermute ich – unsere Definition der Klassik ist erschreckend einseitig. Wie immer bewerben sich fast nur die Kids aus Privatschulen, die allesamt besser abgeschnitten zu haben scheinen als vorhergesagt. Selbst am Telefon lassen sich an der Stimme schon die Skilifte und eigenen Swimmingpools heraushören, ihre teuren, aber unauffälligen Klamotten. Beim Vorstellungsgespräch lassen sie *Audentes fortuna iuvat* fallen, als seien sie verdammt noch mal Boris Johnson persönlich.

Gastromantie: Weissagung aus Kehllauten

Mein Kurs »Frauendarstellung in der klassischen Mythologie« ist immer sehr beliebt, und ich muss meine Vorlesung über Medea auf Video aufzeichnen, ohne meine Schweinsäuglein mit den idiotisch dunklen Schatten darunter und der dicken weißen Strähne in meinem selbstgeschnittenen Pony zu hassen. Ich vergesse, eine Schranktür im Hintergrund richtig zu schließen. Irgendwo wird gebohrt. Bei einer Aufnahme muss ich allen Ernstes rülpsen und deswegen wieder von vorn anfangen.

Medea. Eine Barbarin, vom griechischen *barbaros*: die »Stammler« oder »br-br-Sager«, ein onomatopoetisches Wort für die Ausländer, deren Sprache wie »bar-bar« klingt. Medea ist die ultimative Außenseiterin. In der Mythologie wird sie immer als zauberkundig dargestellt. Abkömmling des Sonnengottes Helios, verwandt mit der Hexe Kirke. Sie verhilft Jason zum goldenen Vlies und verlässt ihre eigene Familie (oder ermordet sie sie?), heiratet Jason, hat zwei Söhne mit ihm, nur um dann von ihm sitzengelassen zu werden – er verlässt sie für eine gute griechische Prinzessin – Glauke, Tochter des Königs Kreon. Der Sage zufolge ermordet sie erst Glauke mit einem vergifteten Geschenk und dann ihre eigenen Kinder.

Ich sammle Beweisstücke für und gegen sie, stelle Zitate aus verschiedenen Texten zusammen. Der Dramatiker

Euripides natürlich – mehrere Monologe, darunter die Stelle, an der Medea sagt: »Lieber will ich dreimal in den Krieg ziehen als einmal Kinder zur Welt zu bringen.« Dann die lateinischen Interpretationen. Medeas Brief an Jason in Ovids *Briefe der Heroinen*, in der Übersetzung der Dichterin Clare Pollard, aus dem Englischen von Anke Burger:

Schlangen vermag ich zu zähmen, doch diesen einen Mann beherrschen konnte ich nicht.
Mit meinem Zauberspruch habe ich Feuer abgewandt
Doch erreiche ich nichts gegen die lodernden Flammen meiner Lust.

Senecas Medea sagt: »Wenn die Hand von *einem* Mord gesättigt werden könnte, hätte sie gar keinen ermordet. Wenn ich zwei töte, so ist diese kleine Zahl dennoch um vieles zu klein für meinen Schmerz. Wenn ein Pfand auch nun noch sich in der Mutter verbirgt, dann such ich mit dem Schwert in den Eingeweiden und schneide es heraus.« (Der Einfluss auf Lady Macbeth ist offensichtlich.)

Medeas Kindesmord stößt uns ab, weil so etwas unmöglich ist. Weil wir erst Mitleid mit ihr haben, und dann fühlen wir uns hintergangen. Wir können nicht glauben, dass sie ihre beiden Söhne in vollster Absicht tötet, es widerspricht unserem tiefsten Instinkt. Wie kann sie ihren Kindern ins Gesicht blicken und trotzdem so etwas tun?

Aber sie hat es ja nicht getan. Es gibt keine Medea. Oder sie hat sich anders verhalten. Männer wie sie gibt es, Männer, die ihre Kinder absichtlich umbringen, als Racheakt an ihrer Frau, die sie verlassen will – sie setzen die Kinder auf den Rücksitz und fahren von der Klippe. Frauen machen so etwas nicht. Wahnsinnig gewordene Frauen vielleicht, wie Agaue, die ihrem Sohn Pentheus den Kopf abreißt, vom Gott in die Wahnvorstellung getrieben, er sei ein Löwe, oder das arme Gretchen in Goethes *Faust*, die ihr uneheliches Kind im Wahn ertränkt. Frauen, die an Psychosen leiden. Aber normale Frauen im Vollbesitz ihrer geistigen Kräfte machen so etwas nicht. Medea ist kein Archetyp. Sie ist ein von Euripides geschaffenes Ungeheuer.

In früheren Fassungen kamen Medeas Kinder zufällig ums Leben, vielleicht, als sie diese vor Jason verstecken wollte. Das ist ein Grauen, das man sich vorstellen kann. Solche Frauen gibt es, die versehentlich den Tod ihrer Kinder verursachen, oder etwa nicht? Ich frage mich manchmal, ob es mir auch so ergehen wird. Wenn ich eine Liste mit Inhaltsstoffen nicht gründlich genug durchlese. Einer Bedienung bei Pret a Manger glaube.

In noch traditionelleren Fassungen wurden die Kinder nach Medeas Flucht von den Korinthern umgebracht, aus Rache für Glaukes Tod. Klingt das nicht viel wahrscheinlicher? Aber wenn die Fake News erst einmal in der Welt sind, kann man nichts mehr dagegen machen. *Sperrt sie ein! Sperrt sie ein!*

An anderen Stellen heißt es, Zeus habe sich in Medea verliebt, aber sie habe seine Avancen abgewiesen. Voller Dankbarkeit sprach Hera: »Deine Kinder will ich unsterblich machen, wenn du sie auf dem Altar meines Tempels opferst.« Nur ein kleiner Todeskratzer also, so eine Art Impfung. Ihre Seelen werden ja unsterblich.

Im ersten Jahrhundert vor Christus schrieb der Historiker Diodor: »Es ist es dem Verlangen der tragischen Dichter nach dem Aufsehenerregenden zuzuschreiben, dass es von Medea so vielfältige und widersprüchliche Berichte gibt.« Aber vielleicht ist ja sogar das eine wohlmeinende Entschuldigung. Der Legende zufolge gab Euripides Medea an allem die Schuld, weil die Korinther ihn mit der Zahlung von fünf Talenten bestochen hatten.

Shufflemantie: Weissagung aus einem digitalen Mediaplayer

Als ich den Tesco betrete, sehe ich einen Anti-Masken-Protest. DAS STAATLICHE NARRATIV HINTERFRAGEN. LOCKDOWN TÖTET. AUSGANGSSPERRE = FASCHISMUS. Ich müsste die Demonstranten wahrscheinlich als Alt-Right-Nazis betrachten, die der Welt ihre Viren ins Gesicht brüllen, aber ich kann nicht anders, ich verspüre eine gewisse Sympathie für die handgemalten Schilder. Ich halte einfach den Kopf gesenkt und höre weiter Spotify. Wir lachen über Verschwörungstheoretiker, aber gibt es nicht wirklich Mächte, die sich gegen uns verschworen haben? Mir kommt es zumindest so vor. Ein Schauder der Machtlosigkeit überläuft mich angesichts der malmenden Maschine der Welt, die niemand stoppen kann.

Karte nicht entfernen.

Bitte Karte entfernen.

Wo sie sich wahrscheinlich irren, ist in der fixen Idee, dass es eine kleine Machtelite ist, die den Lauf der Welt lenkt. Solche Wahnvorstellungen hat es allerdings immer gegeben – Madame Blavatsky zum Beispiel, die berühmte Okkultistin des neunzehnten Jahrhunderts und Begründerin der Theosophie, glaubte an eine uralte, geheime Bruderschaft von Religionsstiftern und anderen spirituellen Führern, die als »Meister« bezeichnet werden und in aller Welt, aber besonders in Tibet zu finden sind. Hilma af Klint, eine meiner Lieblingskünstlerinnen, interessierte sich für Blavatskys Ideen. An meiner Pinnwand im Gemeinschaftsbüro an der Uni habe ich ihr *Altarbild Nr. 1, Gruppe X* hängen. Af Klint war Teil einer Gruppe von Frauen, die sich »Die Fünf« nannten und als Medien die Nachrichten von Gespenstern und Hohen Meistern empfangen konnten. Die Künstlerin war davon überzeugt, in ihren besten Arbeiten – den strahlenden, heiligen, abstrakten Gemälden – habe ihr eine höhere Macht buchstäblich die Hand geführt. Die Hohen Meister hätten selbst die Kunst für ihren Tempel geschaffen.

Wir halluzinieren alle, es müsse jemanden geben, der das Sagen hat, ein guter oder schlechter Meister, das ist egal, Hauptsache, er kennt den großen Plan. Wir wollen nur, dass die vielen Bruchstücke irgendwie zusammenpassen. Af Klints Altarbild ist wunderschön in seiner Schlichtheit, viel zu schön, um wahr zu sein.

Spotify spielt Lizzos »Juice« in dem Augenblick, in dem ich nach einer Packung Saft greife, und vermutlich ist das reiner Zufall.

Kleromantie: Weissagung aus Zufallszahlen

Die Stockrosen stehen sehr hoch und lassen ihre Schwerter über meinem Kopf schwanken. Bienen brummeln durch den Garten, während ich die Wäsche aufhänge: Handtücher, T-Shirts, PlayStation-Unterhosen. In gewisser Weise ist es fast idyllisch. Ich weiß, dass ich dieses Jahr nichts sagen darf, ohne ihm ein »mir ist natürlich klar, wie gut wir es mit unserem Garten haben« voranzuschicken.

Nachdem ich versucht habe, Xander davon zu überzeugen, seinen Toast mit Bacon in der Sonne zu verzehren, beschließe ich, in meiner Mittagspause vorn im Garten Unkraut zu rupfen, und gehe mit Eimer und Schaufel ums Haus. Seitlich neben der Haustür finde ich mein I-Ging-Päckchen in einem Lavendelbusch, der Karton ist vom Regen der letzten Nacht völlig durchweicht. Und ich hatte schon gedacht, das Paket wäre verloren gegangen und ich müsste es erneut bestellen.

Sobald das Päckchen getrocknet ist, gehe ich damit nach oben ins Schlafzimmer und mache die Tür hinter mir zu, als wollte ich masturbieren.

Das I Ging oder *Buch der Wandlungen* geht zurück auf eine Sammlung von Orakelsprüchen aus der Zhou-Dynastie (1045–770 vor Christus). Die Zhou-Herrscher behaupteten, ein »Mandat des Himmels« zu besitzen. Der

Text änderte sich im Lauf der folgenden Jahrhunderte, philosophische Kommentare, die »Zehn Flügel« genannt, kamen dazu. Der bedeutsamste Kommentar, »die Große Abhandlung«, erklärt, nur wer das I Ging kenne, sei in der Lage, »sich am Himmel zu erfreuen und das Schicksal zu verstehen«. Ich habe gelesen, ursprünglich seien die Zahlen mithilfe von Schafgarbestängeln gezogen worden, aber wie aus den Stängeln Zahlen wurden, ist unklar. Jetzt werden manchmal Münzen oder Würfel verwendet. Sechs Zahlen zwischen 6 und 9 werden zu einem Hexagramm angeordnet.

Ich lese in der Einleitung, dass wir von Drachen abstammen. Die Hexagramme sind die Sprache der Drachen. Drachengraphie. Die durchgezogenen Linien sind männlich (Yang), die unterbrochenen weiblich (Yin). Die Hexagramme offenbaren das Zusammenspiel von Himmel und Erde. Sie erlauben uns, einen Platz in der permanenten Wandlung der Welt zu finden. Das I Ging zeigt uns, dass jeder Mensch nichts als eine flüchtige Gestalt im fortwährenden Gang der Veränderungen ist.

Die Schafgarbestängel sind weniger beeindruckend. Ich wünschte, ich hätte mir die Kundenmeinungen durchgelesen, bevor ich auf *Kaufen* geklickt habe. Sie kosten irgendwas um die zwölf Pfund und sind wirklich nichts weiter als ein Bündel Zweige, das mit einem Gummiband zusammengebunden ist. *Es sind wirklich und wahrhaftig Stängel,* steht in der ersten Besprechung. *Wenn sie wie die Stöckchen auf dem Bild aussehen würden, wären sie auch keine 12 Pfund wert, aber ich würde nicht diese negative Bewertung schreiben. Meine Stöckchen hingegen haben unterschiedliche Durchmesser, sind gespalten und haben unebene Enden. Sie sind schlampig bearbeitet.*

Mithilfe des Wikihow schaffe ich es, ein Hexagramm zu legen, dann schlage ich im Buch nach.

Es ist die Nummer 28: Des Großen Übergewicht. »Unter des Großen Übergewicht gibt das Dach nach.« Ich könnte nicht sagen, dass mir das wie eine Offenbarung vorkommt. Ich denke nur: Ja, das kann ich bestätigen.

Einige Tage später finde ich eine App. Man braucht nur sechs Mal auf einen Button zu drücken, jedes Mal werden drei »Münzen« geworfen, dann spuckt die App ein Hexagramm und ein kleines Orakel aus. Das Problem ist nur: Wenn einem der Orakelspruch nicht gefällt, drückt man den Button einfach noch mal, und noch mal. Ich komme mir vor wie eine Süchtige in der Spielhölle, die Münze um Münze in den Schlitz wirft, bis endlich eine Reihe Kirschen erscheint. Als würde ich einen Glückskeks nach dem anderen mampfen, bis die Worte kommen, die ich gern hören möchte.

Welche Worte will ich überhaupt? Was wollen wir hören, wir alle, wenn wir die Buttons anklicken und uns zu unserem Schicksal durchscrollen? Welche Worte würden uns befriedigen? *Deine Lage bessert sich. Bald bist du glücklicher. Du wirst Liebe finden. Alles wird gut.*

Ceneromantie: Weissagung aus der Asche eines rituellen Feuers

Obwohl ich mir weismache, dass die Sache mit der Hellseherei nur ein Hobby ist oder eine Schreibübung, halte ich es doch schuldbewusst geheim. Männer mögen keine Hexen, oder? Jason garantiert nicht. Er heißt Jason, das sagt ja wohl alles! Und ist es nicht ein bisschen rassistisch, das I Ging zu benutzen, so im Sinne der kulturellen Aneignung?

An manchen Tagen sage ich mir, ich mache das alles nur zum Spaß, aber es könnte natürlich auch ganz schnell umschlagen. Als Teenager habe ich die Bekenntnislyrikerin Sylvia Plath geliebt, die wir in der Oberstufe durchnahmen. Ihr Tarotgedicht »Der Erhängte« gefiel mir sehr. Mir gefiel die Vorstellung, dass sie und ihr Mann – Ted Hughes, ebenfalls Dichter – zusammen am Ouija-Brett saßen. Auf diesem empfing sie Nachrichten von ihrem Geistführer Pan, der voraussagte, dass ihr nächstes Buch von Knopf herausgebracht würde. Plaths ganzes Leben kam mir damals absolut magisch vor – wie die beiden aufs Land zogen, tollen Sex hatten (andeutungsweise wurde das klar), Kinder zeugten, Kaninchen aßen, Butterblumen sammelten, und bei all dem spielte das Okkulte immer eine Rolle, besonders für ihre brutal beeindruckenden Gedichte. Sie ließen sich ihre Horoskope erstellen. Ted hypnotisierte seine Frau, als die Wehen einsetzten.

Der Literaturkritiker Al Alvarez vertritt die Theorie, Sylvia Plath habe sich in den letzten Tagen vor ihrem Selbstmord von der schwarzen Magie überwältigen lassen. Als Ted eine Affäre mit Assia Wevill hatte, nahm Plath seine Manuskripte, vermischte sie mit abgeschnittenen Fingernägeln und Schuppen von seinem Schreibtisch und verbrannte sie in einem Feuerritual; ein einziges Papierstückchen kam aus der Asche zu ihr geschwebt, darauf das Wort: *Assia*.

Es war ein schrecklicher Winter, und sie muss sich sehr einsam gefühlt haben in ihrer Wohnung. Ihre beiden kleinen Kinder schliefen, als sie die Küchentür mit nassen Handtüchern abdichtete und den Kopf in den Backofen steckte. Die Alltäglichkeit dieser Einzelheiten lässt mich nicht los: dieses deutsche Wort *unheimlich* – meist wird es mit »gruselig« übersetzt, aber es bedeutet auch »nicht heimelig«. Ein Heim, in dem etwas schrecklich schiefgegangen ist …

Was soll's, ich habe ja wohl kaum Sylvia Plaths Seele in mir. Ich bin keine Dichterin. Aus mir wird kein Okkultismus-Junkie – für so etwas bin ich viel zu normal, verhöhne ich mich selbst. Trotzdem weiß ich irgendwie, dass es wichtig ist, keine Rituale durchzuführen, das Ganze nicht zu ernst zu nehmen. Die im Hintergrund drohenden Schwerter nicht anzuerkennen. Ich meine, ich glaube ja nicht *wirklich*, dass ich eine Prophetin bin LOL. Eigentlich soll ich die blöden Schafgarbestängel in ein besonderes Säckchen stecken, aber ich stopfe sie einfach nach hinten in die unterste Schublade zu meinem Vibrator.

Nephomantie: Weissagung aus Wolken

Ich war ein komisches Mädchen, ein Bücherwurm, immer ein Ursula Le Guin vor der Nase, malte ständig Drachen. Mit dem Kopf in den Wolken. Ich weiß noch, dass ich als Heranwachsende der Idee anhing, ich würde den Sinn des Lebens entdecken. Sind alle Kinder so, dass sie sicher glauben, eine Bestimmung zu haben, für etwas auserwählt zu sein, oder war ich nur besonders arrogant? Vielleicht das Letztere. Die glatten, dunklen Haare trug ich hinter die Ohren gestrichen.

Mehrmals dachte ich, jetzt habe ich die Welt wirklich durchschaut, ich meine *wirklich*. Es ist doch überaus seltsam, dass ich Ich bin, jetzt, oder? Angesichts der langen Menschheitsgeschichte, der Milliarden, die auf diesem Planeten gelebt haben – aber dann ist es mir klargeworden: »Ich« gibt es immer, stets schaut ein »Ich« aus den eigenen Augen auf die Welt, und solange es Menschen gibt, wird es das Ich immer geben. Ich wird immer aus den eigenen Augen auf die Welt blicken und über das Rätsel nachgrübeln, warum Ich in diesem Körper lebe.

Das habe ich nicht gut formuliert. Ich krieg's nicht hin. Sobald ich es niederschreibe, klingt es blöd. Es ist eher ein Gefühl als etwas, das man in Worte fassen kann, ein Gefühl, das hochkommt und sich dann wieder verflüchtigt. In der Schule versuchte ich einmal, es dem neben mir sitzenden Mädchen zu erklären, was nicht besonders erfolgreich war. Seitdem habe ich nicht wieder versucht, es jemandem zu erklären.

Es ist witzig, dass Jason keinen blassen Schimmer davon hat, was in meinem Kopf vor sich geht. Ich meine, so richtig witzig ist es nicht – ich weiß ja genauso wenig, was in seinem Kopf vor sich geht. Wir verbringen unglaublich viel Zeit hier in denselben vier Wänden, und er hat keine Ahnung, dass ich über Andromache oder etwas in der Art nachdenke. Wir reden überhaupt nicht mehr über meine Arbeit. Früher fand er es wenigstens amüsant, wenn ich ihm hin und wieder pikante Häppchen aus meiner Lektüre servierte, aber wenn ich Jason jetzt erzähle, dass Homer vielleicht deswegen keinerlei Bewusstsein für die Farbe Blau hatte, weil er blind war, und sie deshalb nicht in seiner Dichtung vorkommt, wird sein Blick glasig. Als würde meine Mutter ihm eine lange Anekdote über die Tochter von jemandem in ihrer Kirchengemeinde erzählen. Ich rede über einen Aspekt des Stoizismus, und er platzt nur mit der Einkaufsliste heraus: *Hast du die Shreddies aufgeschrieben?*

Nach der Geburt von Xander fiel mir die Diskrepanz zwischen den Gedanken in meinem Kopf und wie die Welt mich wahrnahm zum ersten Mal so richtig auf. Ich war beim Softplay, was weiß ich, und irgendeine Mitarbeiterin dort sagte zu mir: »Kopf hoch, Mama« oder irgendwas in der Art, und ich dachte nur: *Sieht die denn nicht, dass ich gerade über den Tod von Sokrates nachdenke? Ha!* Womit ich natürlich endgültig wie ein arrogantes Arschloch klinge. Jetzt, wo ich Mitte vierzig bin, interessiert es den Rest der Welt vermutlich keinen Deut mehr, was in meinem Kopf vor sich geht, beziehungsweise, wahrscheinlich denken sie: Kalorienzählen und Flavoured Gin.

Gestern habe ich meine Übersetzung aus dem Deutschen abgeschlossen: Die Arbeit eines ganzen Sommers, E-Mail losschicken, das war's. Jetzt muss ich mehrere Wochen lang warten, bis der Verlag und die Repräsentantin der Autorin meine Übersetzung gelesen und darauf reagiert haben – das ist unangenehm, weil man diese Reaktion herbeisehnt und zugleich befürchtet. Die Faustfigur im Roman kam am Ende doch nicht in die Hölle, sondern fing an, bei Google zu arbeiten.

»Ich bin einfach nur froh, wenn Xander endlich wieder in die Schule kann«, sagt Jason, während er sich eine Dose Craft Beer aufmacht und den Schaum oben vom Deckel schlürft. *Elvis Juice. Tiny Rebel.* Irgendein bescheuerter Name, der witzig sein soll. »Ich mache mir Sorgen um ihn.«

»Ach ja?«, sage ich, nehme mir eine Zwiebel aus dem Gemüsekorb und fange an, sie für unsere 08/15-Spaghettisoße zu schnippeln.

Der Himmel hinter dem Küchenfenster ist aprikosenfarben, die kleinen Wolken leuchten lila.

»Wie, *ach ja?*«, entgegnet Jason. »Natürlich mache ich mir Sorgen. Er braucht seine Freunde, es geht ihm ganz offensichtlich nicht besonders gut. Er hockt zu viel am Bildschirm, manchmal sieht er aus, als müsste er weinen.«

»Er liest jeden Tag, er macht seine Matheaufgaben, ich sorge dafür, dass er sich bewegt, wir machen Brettspiele. Letzte Woche hat Xander Burger mit mir gebraten, und es ist nicht meine Schuld, wenn –«

»Es geht nicht um dich oder dass du daran schuld sein könntest.« Seine Stimme kommt von hinter mir an der Spüle, Jason wäscht ab.

»Was soll das denn jetzt heißen?« Ich bin aufgebracht. Kapiert er es denn gar nicht? Meine gigantischen Schuldgefühle, die vielen Stunden, die ich investiere. »Vielleicht geht es ja doch um mich. Vielleicht geht es darum, dass ich für das komplette verdammte Homeschooling zuständig bin, ihm sämtliche Mahlzeiten auf den Tisch stelle, ihn den ganzen Sommer über zu seinen Verabredungen kutschiere, versuche, ihn aus dem Haus zu locken, in den Park, zum Abenteuerspielplatz, verdammt noch mal, und Tagesfreizeiten und was weiß ich wohin, aber du musst ja immer arbeiten! Ich muss auch arbeiten, aber das scheint ja kein Schwein zu interessieren.«

»Das stimmt überhaupt nicht! Glaubst du etwa, ich will in diesen grauenhaft langweiligen Zoom-Meetings sitzen? Die sind total zum Kotzen! Ich mache das alles nur, damit ich meinen Job nicht verliere.«

»Aber mein Job bringt fast genauso viel Geld ein wie deiner. Und trotzdem soll ich ihn irgendwie zwischendurch erledigen, wenn ich mal ein paar Minuten Zeit habe, als ob's ein verdammtes Hobby wäre?«

»Sollst du nicht! Mach, verdammt nochmal, deine Arbeit. Lass ihn doch zocken, so mache ich das zumindest. Alle andern machen das auch so, darauf hat er am meisten Lust. Hör endlich auf, dich ständig für ihn aufzuopfern. Das bringt doch eh nichts. Unser Sohn ist trotzdem schlecht drauf.«

»Und ob das was bringt!«, fauche ich. »Es würde ihm viel, viel schlechter gehen, wenn ich mich nicht ständig so reinhängen würde. Das bringt sehr wohl was, nur du steuerst rein gar nichts dazu bei.«

»Aber das – ach, was soll's. Hör einfach nicht hin, wenn ich was sage. Das bin ich nicht anders gewohnt!«

Gabelklirren. Der Wasserhahn wird ausgeschaltet. Ich höre, wie Jason an der Bierdose schlürfend die Küche verlässt. Mir wird klar, dass ich mich nicht zu ihm umgedreht, ihm nicht einmal ins Gesicht geschaut habe. Ich habe nur seine Reflektion auf der Fensterscheibe gesehen, vor dem buntgefleckten Abendhimmel.

Aeromantie: Weissagung aus Luftbeobachtung

In seiner *Poetik* schreibt Aristoteles, der tragische Held weise stets eine *Hamartia* auf – eine tragische Fehleinschätzung oder Irrmeinung. Das Wort kommt vom griechischen *hamartanein* – ein Bogenschütze, der sein Ziel verfehlt. Am Ende widerfährt dem tragischen Helden der Augenblick der Anagnorisis. Das Umkippen von Ahnungslosigkeit in Wissen: auf einmal weiß er, was er getan hat.

In einer Woche begehe ich den Fehler und lese *Die unbewohnbare Erde* von David Wallace Wells, weil man es sich auf Kindle billig runterladen kann. Es ist ein prophetisches Buch, das seine Weissagung auf die Anzahl der Parts per Million (ppm) CO_2 in der Atmosphäre stützt. Ich erfahre, dass Jakarta, Heimat von zehn Millionen Menschen, im Jahr 2050 möglicherweise komplett unter Wasser stehen wird. Jeder Flug von London nach New York und zurück wird die Arktis drei Quadratmeter Eis kosten. Ich lese die Überschriften: Hitzetod, Sterbende Meere, Verpestete Luft, Seuchenalarm, Flächenbrand, psychisches Trauma, Zusammenbruch der Zivilisation. Völkerwanderungen. Das große Sterben.

Die Sache ist aber doch: Es gibt Abstufungen. Limbo > Leiden > Fegefeuer > Abgrund > Hölle > Inferno. Wenn wir jetzt aufhören, können wir noch auf einem weniger schrecklichen Kreis stehenbleiben und verhindern, dass wir im Zentrum des Grauens enden. Mit jeder neuen Seite denke ich: *Anagnorisis*. Der größte Teil des Schadens ist in der Zeit seit meiner Geburt angerichtet worden. Kurz wird mir klar, was ich getan habe. Ich habe die nächste Generation auf dem Gewissen – Xander, mein eigenes Kind. Aber dann gehe ich in den Supermarkt und keinem von den anderen Erwachsenen dort scheint irgendetwas klar zu sein. Eine Kundin sieht so ahnungslos aus wie die nächste. Alle füllen ihre Einkaufswagen mit Fleisch in Plastikfolie und Importwaren und anderem Mist und verdoppeln ihre *Hamartia*. Die Vision verflüchtigt sich, wird schwach und schwächer.

Als die Pandemie losgeht, hat man noch gehofft, sie würde etwas gegen die Klimakatastrophe ausrichten. In New Delhi konnte man die Sterne sehen, wisst ihr noch? Auf dem Höhepunkt der Ausgangsbeschränkungen fielen die Emissionen um siebzehn Prozent. Aber jetzt sind die Straßen wieder mit Autos und Lieferwagen verstopft wie zuvor. Und China produziert erneut mit voller Kraft. Der durch den Lockdown verursachte Rückgang an Emissionen ist nichts als eine winzige Delle im langfristigen Kohlendioxidausstoß. Wir haben unsere Anagnorisis verschleudert. Wir haben sie mit dem portofreien Etikett zurückgesandt.

Cyclicomantie: Weissagung aus dem Schwenken von Wasser in einem Glas

Ich langweile mich und gehe um neun mit einer Tasse schwachem Kräutertee ins Bett. Jason sitzt unten vor der Glotze und holt wahrscheinlich heimlich den Wodka raus oder raucht schnell einen Joint, als ob ich seine verdammte Aufpasserin wäre.

Ich beschließe, eine rote und eine blaue Pille einzuwerfen.

Bis ich einschlafe, dauert es eine Weile. Der Rücken tut mir weh, irgendwie ist mir kalt. Fuchsgebell. Aber dann muss ich doch eingeschlafen sein, weil ich träume, ich bin in Delphi, unter den glatten Felsen. Ein ausgetrocknetes Flussbett, raschelnde Olivenbäume, Thymianduft.

Als eine Person von Männern zum Felsspalt geführt wird, wird mir klar, das bin ich: Ich bin das Orakel, die Auserwählte, die normale Frau mittleren Alters. Beim Betreten der Höhle bücke ich mich, als würde ich mich verneigen, meine Augen versuchen, in der Dunkelheit etwas zu erkennen, vorsichtig trete ich mit den Sandalen auf den unebenen Höhlenboden. Dann überkommt mich ein unangenehmes Gefühl, mir wird schlecht, es breitet sich in mir aus – erst im Bauch, dann im Blut, in der Lunge. »Argggggh«, kommt es aus mir, mein Atem geht schneller, vor meinen Augen verschwimmt alles. »Arrrr ...«

Apollons Worte steigen wie eine Woge in mir auf: Ich spüre, wie er meinen Unterkiefer bewegt und die Zunge in meinem Mund verdreht, während Worte auf Altgriechisch aus mir strömen strömen strömen

Er sagt / ich sage: Die zweite Welle wird kommen und noch schrecklicher sein als die erste

Er sagt / ich sage: Ein Machthaber wird die Wahl verlieren, aber sich weigern zu gehen

Er sagt / ich sage mit meinem Mund: Schwefelwolken 55 Grad Celsius

Er sagt / ich sage: Verbrannte Menschen liegen am Straßenrand mit gekochten Eingeweiden … der Gestank … Schlangen an der Wasserstelle, wo man für eine Marke eine kleine Plastikflasche mit gelblichem Wasser erhält … Wartende Mütter und Babys mit leerem Blick … nur die Reichen in ihren vornehmen Bergvillen werden noch fließend Wasser haben …

Und während ich all das auskotze, muss ich an Xander im zentimetertiefen Schaumbad denken, wie er strampelt und am Waschlappen lutscht, *If you're happy and you know it splash your hands*, erleuchtetes Wasser fließt und fließt von einem Plastikbecher in den nächsten, dann regnet es auf seinen Hals herunter, oder die Aprikosen aus Kapstadt, die ich unter fließendem Wasser für Xander abwasche.

Über meine Ehe hat Apollon nichts zu sagen. Sie ist den Göttern so egal wie dieses weiße Staubkorn, dieser in den Sand gespuckte Olivenkern.

Nekromantie: Weissagung aus dem Gespräch mit Toten

Ouija ist eine eingetragene Marke der Firma Hasbro. Das Ouija-Brett war ein harmloses Gesellschaftsspiel, bevor die Okkultistin Pearl Curran es ab 1913 zur Totenbeschwörung einsetzte. Ich besitze so ein Brett, aber der Zeiger hängt und schlägt nicht richtig aus. Wenn ich das Ding zu Halloween hervorhole, frage ich mich immer, ob ich als Gastgeberin vielleicht für den Geisterkontakt verantwortlich bin. *Soll ich vielleicht selbst für eine kleine Nachricht von den Toten sorgen?*

In der British Library finden sich sehr detaillierte Anleitungen zur Vorgehensweise: Für das Totenorakel braucht man als Erstes einen Schädel.

Man zerstampfe modriges Holz und Blätter von der Euphrat-Pappel mit Wasser, Bier und Öl. Man gebe zerstoßenen und fein gesiebten Schlangentalg, Löwentalg, Krebstalg, weißen Honig, einen ganzen Frosch, ein Haar vom Hund, von der Katze und dem Fuchs hinzu, eine Chamäleonborste, die Borste einer roten Eidechse, den linken Flügel eines Grashüpfers, das Mark aus dem langen Knochen einer Gans. Diese Salbe verreibe man auf den Augen. Dreimal wiederholen: »O Schädel aller Schädel: Möge mir der antworten, der in diesem Schädel sitzt.«

Das klingt einfach zu komplex, um es auszuprobieren. Aber vermutlich auch nicht schwieriger, als jemanden lebendig werden zu lassen. Man denke nur an die vielen Monate stiller Fürsorge, die notwendig sind, um ein Baby herbeizuzaubern. Was man dazu nicht alles braucht: das richtige Sperma, eine gesunde Eizelle, eine fitte Gebärmutter, Folsäure, Vitamin D, nichts heben, keine Leber, keinen Speck, ein Supportteam mit Hebamme, Benzin im Tank, ein TENS-Gerät, unbeschreibliche Schmerzen, Haut an Haut, eine Nabelklemme, eine Methylergometrin-Spritze im Oberschenkel, damit der Mutterkuchen vollständig ausgestoßen wird. Aufwärmen im Glassarg. Ausschließlich mit menschlicher Vormilch füttern.

Beim zweiten Mal muss mir irgendein Fehler bei der Zauberformel unterlaufen sein. Hie und da einen Kaffee, Salat aus dem Beutel, ein nicht völlig durchgebratenes Steak. Vielleicht war es das eine Glas Wein. Irgendein schädlicher Inhaltsstoff. Ich weiß noch, wie ich das Glas Wein getrunken und gedacht habe, vielleicht bringe ich damit jetzt mein Kind um, aber dann habe ich sofort gedacht, diese Angst schützt mich irgendwie. Nach dem Motto: Das eine Glas Wein kann mein Kind jetzt nicht umbringen, das wäre einfach ein zu großer Zufall. Oder vielleicht habe ich gedacht, das wäre fast so etwas wie eine Win-Win-Situation: Wenn das Baby jetzt stirbt, dann beweist das wenigstens, dass ich übernatürliche Kräfte besitze, was ja auch ein Trost ist. Aber dann ist das Befürchtete doch eingetreten, und der Trost, dass man es vorausgesehen hat, erweist sich als äußerst begrenzt.

Meine Tochter hatte einen kleinen, roten Schädel.

~

In meinem Garten steht eine Winterkirsche. Diese spät blühende Sorte habe ich gekauft, weil ich die Vorstellung so romantisch fand: Kirschblüte im Oktober – eine Metapher für die Hoffnung. Aber bei dem Anblick, der sich mir jetzt bietet, buntes Herbstlaub vermischt mit Blüten, könnte ich weinen. Es ist unfair, dann blühen zu müssen, wenn die Welt dunkel wird und auf den Verfall zugeht – wenn neues Leben sich so mit dem Tod vermischt.

Xander ist wieder in der Schule, aber es macht ihm keinen Spaß, er sagt, es sei öder als je zuvor. Die Schüler müssen an Einzeltischen sitzen, die Schultaschen dürfen nicht mit ins Klassenzimmer gebracht werden. Jeden Tag um fünfzehn Uhr muss ich zur Schule laufen und mit Mundschutz auf dem Hof am Tor warten. Die Eltern stehen zwei Meter entfernt voneinander herum und spielen mit ihren Handys. Dazu muss man den Handschuh ausziehen, genau wie für den Sicherheitscode zum Entsperren, weil die Gesichtserkennung nicht funktioniert. Wenn die Kinder aus dem Gebäude kommen, müssen sie sich in einer Reihe auf dem Spielplatz aufstellen; ein Lehrer schickt eins nach dem anderen zum abholenden Elternteil, wahrscheinlich, nachdem er überprüft hat, wessen Eltern schon da sind, auch wenn mir unklar ist, wie er die Leute erkennt – wir haben alle die Kapuzen über den Kopf gezogen und dieselben Einwegmasken im Gesicht.

Ich werde zum Elterngespräch angerufen, endlich. Mir wird mitgeteilt, man sei besorgt um Xanders seelische Gesundheit. Ich will sie anbrüllen: Ein ganzes halbes Jahr lang habt ihr euch kein bisschen gekümmert, ihr habt noch nicht mal seine Hausaufgaben angeguckt, um herauszufinden, wie es ihm wohl geht.

Eine Frauenstimme in meiner Küche, müde, alt. Wahrscheinlich eine seiner Lehrerinnen, der Name fällt mir gerade nicht ein. Die Lehrkräfte machen Job Sharing, und seit es das covidsichere Abholsystem am Tor gibt, kriegen wir sie auch nicht mehr zu sehen. Die Stimme erklärt mir, seit Ausbruch der Pandemie gebe es zunehmend Selbstverletzungen bei Kindern, sogar schon im Grundschulalter, deswegen wolle man bloß sicherstellen, dass Eltern auf warnende Anzeichen achten. Heute sei Xander sehr wütend auf sich selbst geworden. Er sei gerügt worden, weil er mit dem Desinfektionsmittel herumgespielt habe. Daraufhin fing er an, sich zu zerkratzen und selbst zu schlagen. Er sagte, er hasse sich. »Er kratzt sich immer sehr viel«, erkläre ich ihr. »Wegen seiner Allergien. Haben Sie ihm seine Handschuhe gegeben? Er hat Fäustlinge in der Tasche, wenn das Jucken besonders schlimm wird. Sie haben seine Tasche, richtig?«

»Ich frage mich nur, ob er vielleicht Ängste hat? Wie sieht es mit seinen Träumen aus?«

Natürlich, jetzt soll ich auch noch seine Träume überwachen! Was ist mit *meinen* Träumen? Am liebsten würde ich sie anschnauzen: Gott bewahre, dass ich mir nachts ein paar Stunden lang nicht des vollen Gewichts seiner Existenz bewusst bin! Ich meine – was soll ich auf so was antworten? Oh ja, ich weiß eine Antwort: Als er sechs war, ist er mal schreiend aufgewacht, weil er von einem Sandwich verfolgt wurde.

Googlemantie: Weissagung durch Fremde

Wie sieht die neue **Normalität** aus

Bleibt covid 19 **für immer**

Maskenpflicht für immer

Visier und Gesichtsschutz sollen in die Uniform von Postboten, Lieferdiensten, Supermarktkassiererinnen, Polizei, Feuerwehr und Wachleuten integriert werden

Schlangestehen für immer

Lange Warteschlangen vor Supermärkten und Einzelhandel, Museen, Veranstaltungsorten und insbesondere vor Behörden werden bald allgegenwärtig sein. Vor dem Betreten muss man draußen warten, bis die Körpertemperatur überprüft worden ist

Desinfektionsmittel für immer

Ellbogencheck für immer

Nicht sexuelles Küssen ist nicht mehr erlaubt

Blended Learning für immer

Kontaktloses Bezahlen für immer

Onlineshoppen für immer

Virtuelle Teamsitzungen für immer

Es wird zu langen Schlangen in den Lobbys von Bürogebäuden kommen, weil die Überfüllung der Aufzüge vermieden werden muss

Langfristige Kontaktvermeidung bedeutet, dass die Kosten von Restaurants, Kinos und Theatern steigen werden, da bei weitem nicht alle Plätze gefüllt werden können. Die Reichen werden sich Köche und private Konzerte ins Haus kommen lassen, für die Einkommensschwächeren wird es Annehmlichkeiten dieser Art nicht mehr geben

Optimisten hoffen, dass dieser kollektive Alptraum zu einer neuen kollektiven Fragestellung führen wird, was genau das Leben lebenswert macht

Höhere Steuern für immer

Covidnachverfolgung für immer

Bleibt die neue Normalität **für immer?**

Osteomantie: Weissagung aus Knochen

Für ein paar Wochen müssen wir in die Uni zum Präsenz-unterricht. Es ist absolut idiotisch. Wir haben bewiesen, dass wir online unterrichten können – aber die Studieren-den zahlen ihre Gebühren natürlich zum größten Teil nicht für den Unterricht. Sie zahlen für die großen, schi-cken Gebäude mit den Bibliotheken, den Computern und Cafés, für die Wohnheimplätze. Wenn sie das alles nicht bekommen, dann sind neuntausend Pfund im Jahr auf einmal eine Menge Geld – wofür? Für ein paar Semester-wochenstunden bei einer gestressten Aushilfsdozentin mit einem sauschlecht bezahlten, befristeten Vertrag. Und deswegen werden die Studierenden gezwungen, in die Uni zu kommen, auch wenn jeder weiß, dass das totaler Blöd-sinn ist.

In nicht einmal zwei Wochen hat Covid-19 die Wohn-heime fest im Griff. Die Studis haben von innen Zettel an die Fenster geklebt WIR HABEN CORONA und BRINGT UNS ALKOHOL, wie die Pestzeichen, die zur Zeit des Schwarzen Tods an die Türen gemalt wurden. Mir kommen Beschwerden zu Ohren, die sich isolieren-den Kids müssen 18 Pfund am Tag für ihre Lebensmit-telpakete bezahlen, die keine fünf Pfund wert sind: ein in Plastik verpacktes Croissant, eine winzige Saftpackung mit Strohhalm, ein Energieriegel, ein Sandwich, ein Be-cher Instant-Nudeln. Das Reinigungspersonal rutscht ständig auf den Knien herum und macht porentief sauber. Leere Korridore, das Dröhnen der Staubsauger, an jeder Feuertür eine Flasche Desinfektionsmittel und ein kleines Tuch. Ich halte Seminare ab, in denen von den zehn Eingeschriebenen nur zwei Studierende erscheinen, und das Fenster kann man nur drei Zentimeter weit öffnen von wegen Durchlüften, und ich habe dieses bescheuerte Visier vor dem Gesicht.

Hinterher muss ich mir ansehen, was online in den Breakout-Räumen diskutiert wurde, und anmerken, dass es sich um ein Missverständnis handelt, Medea als »Feministin« zu bezeichnen.

~

Ich versuche, das I Ging auf einmal am Tag zu begrenzen. Jeden Morgen öffne ich die App und drücke sechs Mal den Button.

Und dann scrolle ich durch die möglichen Interpretationen. Das hier ist die 30, Trennung. Nein, richtig, das Feuer. Oder ist es etwas oder jemand, der wie Feuer an einem klebt? Für welche Interpretation soll ich mich entscheiden? Welche will ich rausschmeißen und vergessen?

Vielleicht wäre es für meine Recherchen sinnvoller, wenn ich mich jeden Tag mit einer griechischen Divinationsmethode beschäftigen würde. Ich meine: Wenn ich hier ernsthaft akademisch forsche, dann sollte ich mir ein paar Astragaloi besorgen. Schafsknöchelchen.

~

Wie sich herausstellt, läuft unser zwölf Milliarden Pfund teures *Test and Trace System* auf Excel. Excel! Das kommt ans Licht, als neue positiv Getestete nicht mehr registriert werden, weil die Mastertabelle ihre maximale Größe von 16 384 Spalten erreicht hat.

Es fällt schwer, sich nicht um 18 Uhr etwas Alkoholisches hinter die Binde zu kippen, oder: Wie unterscheidet sich der Abend vom Tag? Sobald Xander zum Lesen auf sein Zimmer gegangen ist, setze ich mich mit einem Glas Weißwein hin und bereite mich auf ein Seminar über Kassandra vor. Jason trifft sich mit irgendwelchen Leuten im Biergarten. Er kommt total zugekokst nach Hause, behauptet aber das Gegenteil. Er ist nur überdreht, weil er so sauer auf alle ist. Von Morley's hat er eine Tüte frittierte Hähnchenkeulen mitgebracht.

Ich gehe rauf ins Bett, damit er sich mit seinen Hühnerknochen amüsieren kann, und masturbiere mit dem Vibrator. Dabei stelle ich mir Tireisias vor, die ihre nasse Fotze befingert, während ihr Schwanz immer und immer wieder in mich eindringt, ihre Brüste in meinem Mund, die lila gleißende Penisspitze, es kommt in wässrigen Wellen, Mann-Frau, Frau-Mann.

147

Ophiomantie: Weissagung aus Schlangen

Arme Kassandra. Die Seherin, der niemand glaubt.

Auf Twitter wimmelt es nur so vor Kassandras. Je mehr sie tweeten: *Angesichts der derzeitigen Emissionen folgt die Erderwärmung dem dramatischsten Szenario*, desto weniger Wirkung haben die Tweets. Sie sehen immer mehr wie Fakes aus. Oder schwingt vielleicht einfach ein bisschen zu viel Begeisterung über die kommende Katastrophe mit? Mir geht es nicht anders, wenn ich mich selbst sagen höre: »*Test and Trace* ist für immer, da wird ein Überwachungsstaat aufgebaut, du musst einen QR-Code scannen, wenn du deine eigene Schwester besuchen willst.« Oder ich retweete *Abholzung im Amazonasgebiet steigt 2020 auf Zwölf-Jahres-Hoch* – in diesen Augenblicken fühle ich mich wie Kassandra und der Mitmensch, der ihr auf keinen Fall glauben kann oder will, zugleich.

Melanie Klein, die Psychoanalytikerin, vertritt die Theorie, Kassandra repräsentiere das menschliche Gewissen, verweise auf moralische Verfehlungen und deren Konsequenzen. Für sie bezieht sich die Kassandra-Metapher auf die Voraussagen, die man nicht glauben will, obwohl man genau weiß, dass sie der Wahrheit entsprechen. Dieses Nichtwahrhabenwollen sei Ausdruck der universellen Tendenz zur Verleugnung als starkem Abwehrmechanismus gegen Schuldgefühle und Angst.

Kassandra, Tochter Trojas, Schwester des Helden Hektor. In einer Sage erlangt sie ihre Seherinnenkraft, nachdem eine Schlange ihr das Ohr geleckt hat. Einer anderen Version zufolge verleiht Apollon ihr die Gabe der Weissagung, um sie sich sexuell gefügig zu machen. Aber wie Hygin in seinen *Fabulae* schreibt: »Kassandra, die Tochter des Priamos und der Hekabe, soll einst vom Spiel erschöpft im Heiligtum des Apoll eingeschlafen sein. Als Apoll ihr Gewalt antun wollte, verweigerte sie sich ihm. Deswegen bewirkte Apoll, dass sie, auch wenn sie die Wahrheit verkündete, keinen Glauben fand.«

Apollon schafft es nicht, sie zu vergewaltigen, deswegen verflucht er sie. Und niemand wird ihr je Glauben schenken, wie bei Frauen in dieser Situation üblich.

Nach der Eroberung Trojas wird Kassandra im Athenatempel von Ajax dem Kleinen vergewaltigt. Toller Name, Ajax! Selbst Athena kann die Tränen nicht zurückhalten, und der Tempelboden bebt unter ihrem Gebrüll. Ihre Statue wendet den Blick ab.

Als nächstes nimmt sich König Agamemnon Kassandra als Sexsklavin, und dessen Frau ermordet Kassandra schließlich, trotz ihrer ständigen Warnungen. Ist das nicht typisch für unser Leben als Frau? Dass wir immer schon wissen, welches Schicksal uns bevorsteht, aber niemand glaubt uns. #Believewomen, ist doch wahr! (Unbedingt ins Seminar einfließen lassen, interessant für Gen Z …)

Die deutsche Schriftstellerin Christa Wolf hat einen fantastischen Roman geschrieben, *Kassandra*. Kassandra findet heraus, dass sich Helena gar nicht in Troja aufhält und der Vorwand für den Krieg erstunken und erlogen ist. Ihr Troja ist ein Polizeistaat wie die DDR, in der Wolf aufgewachsen ist, und Kassandra kann nichts

gegen die politischen Mächte und ihre Propaganda ausrichten:

»Mitten im Krieg denkt man nur, wie er enden wird.
Und schiebt das Leben auf. … Dass auch ich mich anfangs
dem Gefühl überließ, jetzt lebte ich nur vorläufig; die
wahre Wirklichkeit stünde mir noch bevor; dass ich das
Leben vorbeigehn ließ: Das tut mir mehr als alles andere
leid.«

Ich tippe dieses Zitat in meine Seminarunterlagen und
spüre, wie mir die Tränen in den Augen brennen. Dass ich
das Leben vorbeigehn ließ. Es tut mir leid für mich. Für
uns.

Tasseografie: Lesen in Teeblättern oder Kaffeesatz

Einmal war ich überzeugt, dass Xander sterben würde. Wie die Schmerzensmutter Maria kam ich in die Notaufnahme gestolpert, den winzigen Körper meines Sohns an mich gedrückt, mit dem nach Luft schnappenden Mündchen, der dick angeschwollenen Zunge. Als die Pflegekräfte den Sauerstoffgehalt seines Bluts feststellten, rasten auf einmal zwanzig Menschen mit Geräten um uns herum, redeten schnell, führten einen lebenswichtigen Test nach dem anderen durch.

Als Mitternacht vorbei war, hatte sich Xanders Zustand stabilisiert, und ich bekam ein Klappbett neben seinem Bettchen auf der Kinderstation. Aber ich glaube nicht, dass ich jemals so hellwach war wie damals, als ich dem schnellen Piepsen der Geräte lauschte; die grellen Comicfiguren, die mich von den halbdunklen Wänden angrinsten, die Erwachsenen, die nicht wollten, dass man ihrer Stimme die Angst anhörte, das Rotzen und Schreien. Es war die Hölle. Der Gedanke ging mir immer wieder durch den Kopf: *Ich bin in der Hölle.* Das Gebräu aus der Kaffeemaschine schmeckte genauso, wie man sich den Geschmack von Kaffee in der Hölle vorstellt. Danach ging es mir lange sehr schlecht. Viele, viele Male glaubte ich, Xander würde sterben. Mein kleiner Sohn war so herzzerreißend schön und schutzlos, ich konnte es kaum ertragen.

Ich mache mir meine morgendliche Tasse Kaffee, als ich Xander dabei erwische, wie er ein Video auf YouTube guckt. Herrje, wie lang er wohl schon wach ist, wie viele Stunden er schon glotzt? Ein weinender Minion schneidet sich die Pulsadern auf, das Blut spritzt nur so. Xander lacht darüber, während er seinen Toast isst. Ich springe durch die Küche und schalte zitternd das Tablet aus. »Mein Gott noch mal, Xander, ich hab's dir doch gesagt, vor der Schule wird nicht geglotzt, wo hast du diesen Scheiß nur gefunden?« Ich sollte keine Kraftausdrücke vor ihm benutzen. Als er vier war, hat er alle möglichen Dinge im Kindergarten immer »Scheiß« genannt.

»Ich hab's einfach angeklickt, es ist ziemlich lustig«, sagt er. Das Haar reicht dem Sohn bis fast auf die Schultern, ich muss es dringend schneiden, bevor sich wieder Läuse darin einnisten: Haarschneideschere kaufen, mir was einfallen lassen, womit ich ihn bestechen kann. Wahrscheinlich ist es eins dieser gruseligen, von Algorithmen erstellten Videos, vor denen sich alle Eltern fürchten, in denen Peppa Wutz ihren eigenen Vater auffrisst oder Putzmittel trinkt. Paw Patrol Helfer auf vier Pfoten werden geköpft.

»Du darfst nicht einfach irgendwas anklicken«, sage ich. »Im Internet gibt es jede Menge Idioten. Auf dem Kanal wimmelt es nur so von Lügen und Dreck.«

»Mum, du hast mir die App selbst runtergeladen, als ich drei war. Außerdem ist das ein Minion! Minions sind böse, deswegen sind sie so witzig!«

»Das ist kein Minion, das sieht nur aus wie ein Minion, in Wirklichkeit ist es ein fake Minion«, ereifere ich mich, und er grinst. Ich höre mich selbst und schaffe es nicht, wütend zu bleiben. Seine langen Wimpern. Es klingt vielleicht kitschig, aber manchmal ist sein Lächeln das einzig wirklich Gute, was ich den ganzen Tag über erlebe, und selbst dieses Geschenk ist in letzter Zeit eher selten geworden.

～

Wir brauchen JETZT einen harten Lockdown, posaunen die Leute auf Twitter. Ich nicht, ich lasse die Worte einfach an mir abperlen. Ich langweile mich so schrecklich, wenn ich nur in meinem eigenen Kopf lebe. Oder ich schaue auf den Bildschirm oder in ein Buch – was heißt, man sitzt im Kopf von jemand anderem. Nichts kommt mir mehr real vor. Ich denke an die Philosophin Hannah Arendt: »Handeln, im Unterschied zum Herstellen, ist in Isolierung niemals möglich; jede Isoliertheit, ob gewollt oder ungewollt, beraubt der Fähigkeit zu handeln.« Die permanente Isoliertheit. Wir hocken alle in Platons Höhle, an die nackte Wand gekettet, und starren endlos auf die Schatten.

Zoomdrinks haben ihren Reiz verloren, genau wie Quizspiele und Online-Partys. Jetzt finden nur noch die ewig gleichen Fernsehabende statt mit Wein und Jason, der schon wieder *The Wire* gucken will. Entweder das, oder ich kann virtuelle Rundgänge durch Oberschulen für Xanders Onlinebewerbung machen, als könnten wir uns seine Schule tatsächlich aussuchen – die Plätze werden doch sowieso nach der Entfernungsberechnung auf Google Maps vergeben. Die Videos verwenden alle dieselbe banale, gemeinfreie Musik und Zeitraffer-Aufnahmen. Gehorsam fliege ich im rasenden Tempo durch einen Institutionskorridor nach dem anderen, Doppeltür um Doppeltür öffnet sich vor mir.

Ständig sage ich, ich melde mich als Helferin bei einer Lebensmitteltafel oder so etwas, aber dann mache ich es doch nicht. Vom vielen Sitzen tut mir das Kreuz weh, und ich probiere es mit Yogavideos auf YouTube, Yoga mit Adrienne, die das Wort *yummy* sehr gern benutzt, wie mir auffällt: abwärtsschauender Hund, Krieger eins, Haltung des Kindes. Jeden Morgen schütte ich den Kaffeesatz aus meiner Kaffeepresse in den Garten, dabei weiß ich gar nicht, ob das gut ist und die Katzen und Nacktschnecken fernhält oder zur Übersäuerung des Bodens führt. Ich weiß nicht, warum ich es nicht einfach googele. Manchmal schaue ich unten in die Kaffeepresse und versuche, eine Form zu erkennen. Tasseografie. Vom aus dem Französischen stammenden *tasse*.

Momentan beschäftige ich mich nicht mit dem I Ging, aber ich nehme mir wieder die Tarotkarten vor, ich habe im Internet einen Spontankauf getätigt und das Buch *Tarot Today* von Colette Lee bestellt. Ein wenig fürchte ich mich davor, mir ein Tarot zu legen. Ich weiß noch genau, welche Karte ich als letztes gezogen habe, die Zehn der Kelche: *Erfüllung, Sattheit, vollendete Herzensruhe.* Irgendwie habe ich Angst, mir das kaputtzumachen, es durch etwas anderes zu ersetzen. Es von dem Kommenden in das, was war zu verwandeln. Aber ich denke auch an die Neun der Schwerter, die ich so konsequent ignoriert oder verdrängt habe – was ist, wenn ich die Karte wieder ziehe, und das heißt dann, es stimmt wirklich?

Colettes Buch ist sehr nett, ein wenig arg gefühlig. Anfangs turnen mich ihre Ratschläge ab – besorgt euch einen großen rosa Kristall, backt Mohnplätzchen für mehr Mitgefühl – es ist alles ein bisschen eso-selfcare-mäßig, aber dann lese ich, was sie über die Zehnen zu sagen hat – die Zehn symbolisiere das Ende eines Lebensabschnitts, immer setze eine gewisse Langeweile ein, die Frage, wie es weitergehen soll, und ich spüre diesen kleinen Thrill: »Ja, das trifft es« – wahrscheinlich jage ich ständig diesem Gefühl der Bestätigung hinterher.

Ich sitze auf dem Bett, auf dem türkisfarbenen Bettbezug, Regen trommelt aufs Dach, und zwinge mich, eine Karte zu ziehen:

Kraft. Eine Frau, die einen Löwen streichelt.

Ich sehe im Buch nach. Colette schreibt, die Karte stehe für meine innere Wildheit und bedeute, ich habe vermutlich damit zu kämpfen. Ich müsse meine Wildheit zähmen.

Aber tue ich nicht schon das ganze Jahr lang genau das? Tun wir das nicht alle mit unserem selbst auferlegten Kerkerleben, wie gehorsame kleine Kinder, die darauf warten, dass Daddy uns erlaubt, zum Friseur oder zu einer Freundin spielen zu gehen?

Auf Twitter gibt es viele Tarotleger:innen. Spät an einem Abend, während ich halb *Have I Got News For You* mitgucke, lese ich etwas über Tarot-Apps und kopiere es rüber in meine Notizen:

In der von Courtney Quint programmierten App *Cunning Tarot* werden die von ihr selbst illustrierten Karten zufällig von einem Algorithmus gezogen. Wenn die User ihre Karten ziehen, werden sie aufgefordert, aktuelle Gefühlslage und andere Gedanken einzutippen. Die App trackt diese Informationen über die Monate hinweg und gibt Feedback zum emotionalen Wohlbefinden, ähnlich wie bei einer Menstruations-App. Der interaktive Code legt die Tarotkarten außerdem je nach Bildschirmberührungen der Nutzer:innen – und einem Zauberspruch, den eine Wicca-Priesterin auf Courtneys Wunsch hin in den Junk-Code eingebettet hat!

⁓

Doch die Welt. Die Welt. Es scheint sie noch zu geben, und es geschehen noch echte Dinge. In Kalifornien stehen die Wälder in Flammen, Feuerwehrleute werden schwer verletzt. Es sieht so aus, als würde Innenministerin Priti Patel mit Nadeln auf Voodoopuppen einstechen.

Und dann kriegt Trump Covid. *Tonight, @FLOTUS and I tested positive for COVID-19. We will begin our quarantine and recovery process immediately. We will get through this TOGETHER!* Auf Twitter ist die Hölle los. Trump wird im Walter Reed Military Medical Center eingeflogen, und alle tweeten, dass es entweder ein Hoax ist oder dass er stirbt. Ivanka und Eric geben ein Statement ab, er sei ein »Krieger«. Er hat zweimal Sauerstoff bekommen. Er schluckt Dexamethason.

Ich nehme extra die MAKE-ROME-GREAT-AGAIN-Tasse für meinen Morgenkaffee und schwenke den Kaffeesatz.

Der römische Kaiser Nero hat nicht gefiedelt, während Rom abbrannte, wie die Leute oft behaupten – die Geige wurde erst 1400 Jahre später erfunden. Gerüchten zufolge soll er »Iliu Persis« in voller Bühnenkostümierung gesungen haben: »Die Zerstörung Trojas«. Sueton schreibt, Nero habe das Feuer selbst gelegt, um Platz für sein »goldenes Haus« zu schaffen.

Die ganze Welt schaut auf Amerika. Trump beherrscht jede Schlagzeile. Washington ist Delphi, und wir warten darauf, dass uns das Orakel die Zukunft verkündet. Man nennt es das Omphalos-Syndrom: die Überzeugung, dass es sich beim Sitz der geopolitischen Macht um den wichtigsten Ort der Welt handelt.

Ich weiß leider, dass Trump nicht sterben wird. Apollon sagt / ich sage: »Ein Machthaber wird die Wahl verlieren, aber sich weigern zu gehen.« Wie kann ich die Welt vor ihm retten? Am Sonntag zeigt sich Trump überraschend im Auto und winkt seinen Anhängern zu, die vor dem Krankenhaus ausharren.

Astrologie: Die Befragung der Himmelskörper

Wir verhalten uns vorschriftskonform, Treffen mit bis zu sechs Personen aus maximal zwei Haushalten in Innenräumen sind gestattet, als Jay und ich nach einer Fachbereichssitzung in Jays Hotel gegenüber der Uni einen trinken gehen. Früher fuhr they zum Präsenzunterricht zweimal in der Woche von Essex rein, aber das viele Zugfahren macht Jay panisch, deswegen übernachtet they mittwochs in der Stadt im Hotel. »Heute haben sie allen Ernstes im Zug verkündet«, erzählt Jay, »dass wir in einer Metallröhre sitzen, und wenn jemand an einem Ende niest, kriegt man am anderen Ende eventuell Covid. Kann so was überhaupt stimmen? Es klang ziemlich beunruhigend.«

Ein paar Tage vor Stufe 2. Wir sitzen in einem Business-Hotel, große, mit grauem Licht gefüllte Fenster, niedrig hängende Lampenschirme, glänzende Beistelltischchen, die leer aussehen, weil keine Schälchen mit kostenlosen Nüssen oder Oliven draufgestellt werden dürfen. Wir sitzen auf einem auberginefarbenen Sofa. Jay ist traurig, weil die Freundin schon das ganze Jahr in Frankreich festsitzt. Im Sommer konnten die beiden sich vierzehn Tage in Paris sehen, mehr nicht. Ich bestelle den Negroni, von dem ich schon so lange träume. Der starke Erwachsenengeschmack ist lecker, aber ich habe ständig Eiswürfel im Gesicht. Jay bestellt sich ein Bier, trinkt aus der Flasche und macht mir ein Kompliment zu meiner Athene-Kette. They ist im Sommer dreißig geworden. »Saturns Wiederkehr«, sagt they. »Wahrscheinlich sollte ich endlich rausfinden, wo ich hinwill mit meinem Leben.« »Weil es die Leute mit vierzig ja alle voll raushaben«, erwidere ich lächelnd.

Jays Freundin ist Krebs, was bedeutet, dass sie viele SMS mitten in der Nacht schickt und auf Nippelklemmen steht. Jay ist Löwe, die Sonnenzeichen der beiden passen nicht sonderlich gut zusammen.

Ich erzähle they in groben Zügen von meinem Projekt mit den Prophezeiungen, die Klarträume lasse ich allerdings aus. Ich stelle Jay eine Menge Fragen über Astrologie. Ich habe gelesen, Astrologen seien die Techniker der Weissagungen. Es handele sich um eine Pseudowissenschaft. Pseudoempirische Vorgehensweise. Sie fallen nicht in eine wilde Trance, sondern erstellen extrem komplexe und langweilige mathematische Tabellen. Diese Art der Weissagung mit den ewigen Zahlenkolonnen interessiert mich am allerwenigsten. Die schicksalshaften Begegnungen, die zirka fünfeinhalb Millionen Wassermänner in diesem Land unglaublicherweise am selben verregneten Donnerstag haben sollen. Sogar in römischer Zeit sahen die Menschen das kritisch. Cicero argumentierte, der Mond müsse doch eigentlich mehr Einfluss auf die Erde ausüben, da er der Erde sehr viel näher sei als die anderen Planeten. Er schrieb außerdem, Astrologie lasse angeborene Fähigkeiten, Elternhaus oder den Einfluss äußerlicher Faktoren wie Gesundheit oder Wetter auf das Leben der Menschen außen vor. Ich glaube, heutzutage nennt sich so etwas »Intersektionalität«.

»Dass ich da hundertprozentig dran glaube, könnte ich jetzt nicht beschwören«, sagt Jay. »Aber ich finde

Astrologie ganz nützlich, um über mein Leben nachzudenken, findest du nicht?« Wir genehmigen uns noch einen Drink, dann muss die Bar schließen, Covidvorschriften, heißt es.

Jay hat etwas Marihuana und Bier auf dem Zimmer. Im Aufzug unterhalten wir uns angeregt darüber, wie problematisch wir das finden, wenn unsere Vorlesungen aufgezeichnet werden, was mit unserem geistigen Eigentum passiert. Das Bett ist weiß bezogen und hat eine hohe, auberginefarben gepolsterte Kopfstütze. Die Matratze ist weich und nachgiebig. Ein kleines Fenster geht hinaus auf den Parkplatz, an dem rauchen wir und blasen den bleichen Dunst nach draußen ins graue Licht. Ich hatte gedacht, wir würden einen Joint rauchen, aber es handelt sich um CBD-Öl zum Vapen in einer E-Zigarette. Jay berührt mich, als wir uns aus dem Fenster lehnen.

Wie es danach außer Kontrolle gerät, kann ich gar nicht sagen, ich kann mich nicht mehr richtig an die Choreografie erinnern, oder wann mir genau klar wurde, dass Jay mich verführt. Und dann denke ich: *J.* Der Buchstabe. Die Weissagung. Und es ist, als hielte ich auf einmal den Erlaubnisschein in Händen. Hätte eine Münze auf der Zunge. Noch einen Drink, noch ein Vape.

]
]
Den Dampf aus Jays Mund küssen
      erfülle, o Aphrodite
] Finger, die reiben bohren gleiten
      Kind des Zeus, ich bitte dich
locken im Muskel
im dunkelroten Zucken [

]
]
        verrücktes Herz, erlöse mich von diesem
Biss
und J [
]
und ja nein und bitte bitte Götter jetzt ja [   ] [ ]
[ ]
[   ] [ ] [   ] [   ]

~

Doch es ist immer nachher. Der gegenwärtige Augenblick ist so kurz, manchmal scheint er die Sache kaum wert zu sein. Es kommt mir vor, als hätte er, genau wie Vergangenheit und Zukunft, gar keine echte Substanz.

Es ist immer nachher, und ich betrachte die tief eingegrabenen Falten auf meiner Stirn im kalten Licht des Bads, wasche mir das Kinn mit Seife, aus dem ein Haar sprießt. Im Spiegel betrachtet sehen meine Poren sehr groß aus.

Sex ist so primitiv, das Mahlen von Fleisch auf Fleisch, ich finde es unglaublich, dass derart viele Menschen ihr Leben auf diesen Vorgang gründen. Ich fühle mich hinterher immer relativ ernüchtert. Es kann der beste Sex meines Lebens gewesen sein, aber ich fühle mich trotzdem irgendwie trostlos, als hätte ich gerade einen großen, perversen Burger verschlungen.

Auf dem Bett ausgestreckt wirkt Jay wie dem Olymp entsprungen mit dem leuchtenden Mondgesicht und dem weißen Hotelbademantel. They kocht Grüntee und schluckt Medikamente, legt sich eine Pille wie einen Stern auf die gepiercte rosa Zunge, ein neues Sternbild entsteht.

161

Jay ist schon am Handy, schreibt der geliebten Freundin, an der flinken Hand die Tätowierung eines Heroldsstabs: die beiden sich paarenden, um einen Stab gewundenen Schlangen.

Dieses Wort: sich paaren.

»Tut mir leid«, murmele ich, während ich mir das Shirt überziehe. »Das war wahrscheinlich nicht … Ich meine, danke dir. Es war echt toll, ich finde dich schön. Aber ich weiß, dass du mit jemandem zusammen bist.« Die Situation ist mir total peinlich. Ich will mit meiner Hässlichkeit nur noch weg und raus an die frische Luft.

»Du auch, oder? Du bist verheiratet, stimmt's?« Jay neigt nachsichtig den Kopf und zuckt die Achseln. »Was für ein Jahr, was für ein Jahr.«

Anthropomantie: Weissagung aus dem Menschenopfer

Kalchas ist der erste uns bekannte Seher oder Augur der griechischen Literatur, er taucht schon zu Beginn des ersten Gesangs in Homers *Ilias* auf. Sein Auftraggeber ist die griechische Armee. Kalchas stochert auf der Suche nach Informationen in den Eingeweiden gefallener Gegner herum. Er gibt die Prophezeiung zum Besten, Agamemnon müsse seine Tochter Iphigenie opfern, um Artemis zu besänftigen, damit wieder ein günstiger Wind für die griechische Flotte wehe.

Agamemnon nennt Kalchas einen »Prophet des Bösen«, aber seine Tochter opfert er trotzdem. Erhebt den Dolch über ihrem Nabel. Zerschlitzt seine sich windende Tochter auf dem Altar. Ihre kleinen, feuchten Zähne, der schreiende Mund. Schrille Hölle, roter Sprühregen. Tja, wer kann sich gegen sein Schicksal auflehnen?

Ich schüttele das Proposal für einen Vortrag über Kalchas und Kassandra aus dem Ärmel, für eine Onlinekonferenz über die *Orestie*. Danach sitze ich pflichtbewusst immer bis spät abends da und schreibe das Paper, ohne auf irgendeins der Themen einzugehen, die mich wirklich interessieren: Wie hat sich der erste Windhauch auf Agamemnons Gesicht wohl angefühlt, als er nach dem Kindesmord die Augen schloss?

Manche sagen, Kalchas starb an seinen Schuldgefühlen, andere, er habe sich totgelacht.

Psephomantie: Weissagung aus Steinchen oder Losen

Zadie Smith nennt dieses Jahr in *Betrachtungen*, ihren Essays über die Pandemie, »die Zeit, die der ganzen Welt Demut abverlangt«. Dieser Satz ist mir im Gedächtnis hängengeblieben. Ich spreche ihn laut vor mich hin, während ich darauf warte, dass das Wasser kocht. Ich frage mich allerdings, wem da genau Demut abverlangt wird – Jeff Bezos auf jeden Fall nicht.

Ich hingegen fühle mich gedemütigt. Ich denke an den Löwen auf der Tarotkarte: Eingesperrt im Käfig sind dem mottenzerfressenen Vieh die Zähne gezogen worden. Bald wird das altersschwache Tier von seinem Schicksal erlöst.

Auf den Nachrichtenkanälen häufen sich Artikel über Beschaffungsdeals in Milliardenhöhe, bei denen die Freunde und Kumpels der Konservativen Verträge für Covid-Schutzausrüstung zugeschustert bekamen. Wie korrupt das Ganze ablief, war allerdings von vornherein so offensichtlich, dass jede Art von Erregung ziemlich aufgesetzt wirkt. Im Wohnort meiner Mum gilt ab heute Warnstufe 3, aber man darf noch auswärts essen, wenn es sich um »eine vollwertige Mahlzeit« handelt. London landet auf Stufe 2, die uns jede Art von Treffen mit Personen aus anderen Haushalten in Innenräumen verbietet. Das geht ungefähr eine Woche so, dann wird die Ausgangssperre verhängt. Die Vorschriften ändern sich jetzt so schnell, dass die Regierung nur noch eine Rechtfertigung dafür zu haben scheint: *Weil wir es sagen.*

Hannah Arendt beschreibt den Übergang zum Totalitarismus so: »Die Menschen gewöhnen sich dann weniger an den Inhalt der Vorschriften, dessen genaue Untersuchung stets zur Ratlosigkeit führen würde, als an den *Besitz* von Regeln, unter die man Einzelfälle subsumieren kann.« Aus diesem Grund wurden die ins Gegenteil verkehrten, neuen Werte problemloser von denen übernommen, die auch an die alten Werte geglaubt haben – in Nazideutschland wurde »Du sollst nicht töten« in sein Gegenteil verkehrt. Du sollst von zu Hause aus arbeiten; du sollst in dein Büro zurückkehren, bevor Pret pleite macht.

Wenn ich ganz ehrlich sein soll, kann ich die Zahlen überhaupt nicht mehr einordnen: 300 Tote am Tag, 400, 500. Ist das in einem Land mit 63 Millionen Einwohnern absolut erschreckend oder keine große Sache? Vielleicht beides.

Die Lehrveranstaltungen an unserer Uni finden wieder online statt. Die Restaurants schließen wieder, genau wie die Pubs, Kinos und Theater. Sämtliche Besitzer beschweren sich, und da haben sie auch recht – sie haben viel Geld dafür ausgegeben, um covidsicher zu werden, und jetzt gehen sie bankrott – aber ich kann den Schmerz abstrakter Geschäfte nicht wirklich spüren, hier an meinem ewiggleichen Tisch in der Küche, wo ich mir den Kaffee zum dritten Mal in der Mikrowelle aufwärme: ein Onlinemeeting nach dem anderen, Bitten um Aufschub, *Das Damengambit* gucken. Duolingo schickt mir eine Mail, ich soll meinen 250-Tage-Streak nicht aufs Spiel setzen.

Und ewig kommen neue Nachrichten auf dem Live-Ticker, immer neue Meldungen. Die News sind jetzt unser Leben. Sie verleihen unserem Leben ein Narrativ, nicht mehr die Handlung der einzelnen – die Nachrichten rauschen heran, um die Leere zu füllen. In den Vereinigten Staaten stehen die Wahlen bevor. Biden scheint in Führung zu liegen, aber die Umfragewerte sind sehr, sehr knapp, und viele befürchten, dass das Wahlvolk wieder lügt und nicht verrät, dass es Trump wählt, so wie beim letzten Mal – sie schämen sich für ihre rassistischen Herzen, aber nicht wirklich. Die Umfragewerte sind in letzter Zeit nicht sonderlich zuverlässig; allmählich wird einem klar, dass auch Umfragen pseudowissenschaftlich sind. Im Grunde so gut wie geraten.

Ich frage mich, wie viele dieser Herzen insgeheim jubeln über die große QAnon-Lüge: Das komplett wahnwitzige Märchen von Trump, wie er gegen den satanischen »Deep State« kämpft und am Ende siegreich die armen, missbrauchten Kinder aus dem nicht existenten Keller einer Pizzeria führen wird wie der Rattenfänger von Hameln, nur umgekehrt. Kein anderer als Trump, der echte Migrantenkinder in echte Käfige sperrt.

Der Postbote klingelt für mich: ein zu teurer Blumenstrauß und eine Playmobil-Athene. Jason hat eine Box mit Kochzutaten beim Lieferdienst bestellt. Ich habe Geburtstag, das heißt, es ist schon wieder fast Halloween. Dieses Jahr brauche ich kein Ouija-Brett – ich lege die Finger nur leicht auf die Twitter-Timeline und lese Dinge, bei denen mir die Haare zu Berge stehen.

In der amerikanischen Wahlnacht bleiben wir lange auf. Ich habe alle Zutaten für Negronis gekauft, die ich mir ungekühlt hinter die Binde kippe, damit ich keine blöden

Eiswürfel in der Nase habe. Wenn man den Gin durch Bourbon ersetzt, nennt sich das Ganze Boulevardier, was irgendwie herbstlicher klingt. Vielleicht ernenne ich Cocktailmixen zu meinem Lockdown-Hobby. Ich sage ständig zu Jason, dass Trump die Wahl verlieren wird, gehe aber trotzdem nicht ins Bett. »Ich habe deine Theorie verstanden«, erwidert er. »Du hast sie mir schon zehn Mal erläutert.«

Eine Zeit lang macht es echt Spaß, die Wahl mit Jason zusammen zu gucken – es ist ihm wichtiger, als mir klargewesen ist, ich kann allen Ernstes mit ihm über Politik reden, ohne dass er gelangweilt aussieht. »Vergewaltiger«, sagt er jedes Mal, wenn Trumps Gesicht auf dem Bildschirm erscheint, und die vielen Silben kommen ihm immer mühsamer über die Lippen. Am Kinn hat Jason eine Schürfwunde, nach der ich lieber nicht frage. Irgendwann gibt er auf, als ihm klar wird, dass auch nach zwei Uhr noch keine Ergebnisse da sein werden, und geht ausnahmsweise mal vor mir zu Bett.

Aber hier sitze ich immer noch, um vier Uhr morgens, der Dämon der Geschichte höchstpersönlich!

Der Dämon der Geschichte guckt Fernsehen und klickt zwischen den Live-Tickern und Twitter auf seinem Handy hin und her, retweetet *unterstützt von KKK, Putin und den Taliban*, allzeit wachsam für den Fall, dass ihm irgendeine Kleinigkeit entgehen könnte. Und die Geschichte fließt die Bildschirme hinunter wie Regen oder tropfende Tränen, die Finger bleiben ständig in Bewegung, als müsse ein Monster besiegt werden, als sei die Geschichte ein Spiel, bei dem man gewinnen könnte.

Pilimantie: Weissagung aus dem menschlichen Haar

»Wenn man nur die legalen Stimmen zählt, gewinne ich mit Leichtigkeit. Wenn man die illegalen Stimmen mitzählt, könnten sie es schaffen, uns die Wahl zu stehlen.« Das hat er allen Ernstes gesagt. Er will einen Staatsstreich durchführen, natürlich versucht er das. Ich habe so schreckliche Kopfschmerzen, dass am Rand meines Blickfelds farbige Lichter zucken.

Xander fragt ständig, ob Biden schon gewonnen hat. Er hasst Trump, wahrscheinlich osmotisch bedingt, und verschickt Trump-Memes – ein Foto mit der Frage *Wem steht's besser?*, auf dem Trump und ein haariger Maiskolben zu sehen sind. Xander tigert ruhelos durchs Haus, weil er sich ohne seine Freunde langweilt, freut sich aber kurz, als er bei *Monster Quest* einen Hecatonshire killt. Ich zwinge ihn, ein Kapitel *Harry Potter* zu lesen, zeige schwächlich auf das noch fast unbenutzte, mit Augäpfeln und Slime bemalte Skateboard an der Tür.

Vielleicht komme ich ja besonders früh in die Wechseljahre, wie meine Mutter vermutlich auch, ich weiß es nicht. Oder ich habe zumindest perimenopausale Symptome: Blutklumpen in der Toilette, Schlaflosigkeit, Konzentrationsstörungen, Hitzewallungen. Ein zweites Kind wird es nicht mehr geben. Kein winziger, saugender Babymund mehr. An meinem Kinn sprießen jetzt häufiger

Haare, dick wie Drähte, ich reiße sie aus oder rasiere sie manchmal allen Ernstes sogar ab. Jeden Morgen versuche ich, aus dem Spiegel *weissagen*. Was ich da sehe, ist ziemlich eindeutig: keine Affären, keine Flirts, keinen Sex mehr, keine Liebe mehr, keine Milch, körperliche Einschränkungen. Die Welt und ich werden gleichzeitig immer weniger. Sterben zusammen. Ein oder zweimal masturbiere ich und denke dabei an Jay, aber es ist schwierig, echte Erregung für etwas in der Vergangenheit zu verspüren. Etwas, das definitiv vorbei ist.

Danach fahre ich zum Sainsbury's, merke erst dort, dass ich meine Maske vergessen habe und wieder nach Hause zurückmuss. Es wird früher dunkler, die Luft ist nasskalt. Rücklichter brechen, splittern im Obsidianspiegel der Pfützen, rauchiges Glas. London schwimmt in Stresshormonen.

Lampadomantie: Weissagung aus der Flamme

Nachtschweiß. Ich wälze mich zwischen den Laken hin und her, nach der Körperlotion stinkend, mit der ich meine trockenen Gliedmaßen eingeschmiert habe, formuliere eine E-Mail für die Arbeit immer wieder um und führe im Kopf die an meiner Romanübersetzung vorgeschlagenen Änderungen durch.

Jason schnarcht. Im Durchgang neben dem Haus rüttelt der Wind an etwas. Um zwei Uhr morgens schlucke ich dem Beipackzettel zum Trotz eine rote und eine blaue Pille, als seien es Schlaftabletten.

Ich formuliere meine E-Mail noch einmal um – ich habe mich sehr bewusst für die Verwendung der zweiten Person in diesem Absatz entschieden, weil – dann telefoniere ich irgendwie mit meiner Mutter, die mir sagt, ich soll den Fernseher anstellen. Die Nachrichten zeigen ein Raumschiff nach dem anderen, das mit enormer Schubkraft von der Erde abhebt. Ein feurig grelles Schaudern. »Sie fliegen weg«, sagt meine Mutter. »Sie lassen uns zurück.« Und ich versuche herauszufinden, wer »sie« sind, sie sind beim Einstieg in die Raketen zu sehen, eine bleiche Elite: weiße Haut, weiße Anzüge. Subtil glitzert ein wenig Silber oder Gold. Alle Astronauten verlassen gleichzeitig die Erde.

Dann lasse ich das Telefon fallen, weil ich Rauch rieche und das Fenster schließen muss. Draußen das Knistern orangeroter Flammen. Graue, schwelende Ruinen. Feuer, das sich im Gras weiterfrisst. Die Erde brennt, brennt, wo ist mein Sohn? Dann weiß ich, was es ist. Ich weiß, was hier vor sich geht! Ich muss allen Bescheid sagen! Ich will sie an den T-Shirts packen und festhalten, anflehen, will, dass sie verstehen, aber ich renne die Treppe rauf und runter und suche nach Menschen und bin mutterseelenallein in dem Haus und niemand ist da, den ich warnen kann.

Ich weine. Ich ersticke an meinen Schluchzern. Wo ist mein Sohn?

Ich muss ihm sagen, dass es Himmel und Hölle wirklich gibt.

Es hat sie immer gegeben, aber es ist kein Ort. Es ist die Zukunft.

Anthroposkopie: Weissagung aus der äußeren Erscheinung

Genau wie alle anderen Träume, an die ich mich erinnere, beunruhigt mich auch dieser Traum zutiefst. Im Laufe des folgenden Tages wiederhole ich es immer wieder: *Himmel und Hölle gibt es wirklich.* Das erscheint mir wie eine tiefe Wahrheit, zugleich allerdings wie eine völlig nutzlose Information, und ich weiß nicht, was ich damit anfangen soll.

Ich glaube, mein Mann hat heute eine Flasche Wodka getrunken. Vielleicht nicht eine ganze Flasche, aber vielleicht doch. Außerdem glaube ich, dass er ein Tütchen Kokain im Haus hat, was ich echt … ich meine, es ist nicht so, als hätten wir nie Drogen genommen, aber jetzt ist er über vierzig, und er verheimlicht es mir. Er hat einen feurigen Atem wie ein Drachen; ein verwesender Leichnam in einem Felsspalt.

Leide ich an Konzentrationsschwäche? Bin ich in Trance?

Jason steht in der Küche, die Wampe hängt ihm aus dem Schlafanzug, oder nennt sich das heutzutage Loungewear?

Wieder dieser unangenehme Geruch an ihm vom Grasrauchen. *Qualmende Holzöfen* hat der naserümpfende Xander den Geruch immer genannt. Jason hat das Kiffen für Xander aufgegeben, als er ein Kleinkind war, weil er ihm ein gutes Vorbild sein wollte, aber damit ist es scheinbar vorbei. »Gestern habe ich bis zwei Uhr nachts gearbeitet«, sagt Jason. »Ich bin so erschöpft, ich habe das ganze Jahr noch keinen Urlaub gemacht.« Die Schlangen in meinem Haar zischen, er soll bloß die Klappe halten.

In der Zwischenzeit glotzt mich der andere doofe Blonde ständig von meinem Handy an. Seit Wochen füttert Boris Johnson die Gazetten mit kleinen Leckerbissen: *Weihnachten ist gerettet! Weihnachtszeit, Weihnachtsfreud. Covidgesegnete Weihnachten. Die Kosten des Weihnachtsfests. Die Zeit zwischen den Jahren. Die zwölf Weihnachtsregeln. Und wir feiern ... die Mini-Weihnacht! O du fröhliche, o du selige, covidbringende Weihnachtszeit!* Die Kompliziertheit der amtlichen Vorgaben sorgt für einige Verwirrung: *Für allgemeine private Zusammenkünfte gilt: »Treffen mit vier über den eigenen Hausstand hinausgehenden Personen zuzüglich Kindern im Alter bis 14 Jahre« sollen erlaubt sein. Aus wie vielen zusätzlichen Haushalten diese Personen kommen, spielt keine Rolle, sie müssen aber zum »engsten Familienkreis« gehören. Das sind »Ehegatten, Lebenspartner und Partner einer nichtehelichen Lebensgemeinschaft sowie Verwandte in gerader Linie, Geschwister, Geschwisterkinder und deren jeweilige Haushaltsangehörige«.*

Joe Biden ist in den USA zum Gewinner der Wahl erklärt worden. Es gibt Erfolge mit den Impfungen. Jetzt könnte man feiern, aber stattdessen gibt es in den Zeitungen nur noch ein Thema: Weihnachten – Weihnachten als Ablenkung von der Tatsache, dass wir immer noch keinen Brexit-Deal haben, dass Trump versucht, einen Staatsstreich durchzuführen, dass überall Menschen an

Covid sterben. Es besteht kein Zweifel daran, dass uns eine brutale zweite Welle bevorsteht, und es wird zu lange abgewartet, um noch etwas dagegen unternehmen zu können. Déjà-vu.

Jason kocht Kaffee. Er erzählt mir, die Schwester seiner Kollegin Alison sei gerade gestorben, sie war erst zweiundfünfzig. »Was für eine riesengroße Scheiße«, antworte ich. Er sagt, ich würde momentan ständig den Ausdruck »riesengroße Scheiße« benutzen. Das ist seine passiv-aggressive Art, mir zu sagen, dass es ihn ankotzt, wenn ich riesengroße Scheiße sage, dass ich nicht mehr riesengroße Scheiße sagen soll.

Meine Mum will nicht, dass wir zu Weihnachten kommen, sie findet es zu riskant. Sie will einfach nur Carole zu sich einladen, »die kommt nicht viel aus dem Haus«. Scheinbar hat irgendjemand schon entschieden, dass wir Weihnachten mit Jasons Dad und dessen Lebensgefährtin, der Familie seiner Schwester und seiner neunzigjährigen Großmutter feiern werden. Jason scheint nichts daran zu finden. »Ich brauche einfach ein bisschen Urlaub. Vielleicht will ich meine Verwandtschaft ja wirklich sehen, na und?«

»Das wird ein Advent wie eine tickende Zeitbombe. Anstrengend sind die Treffen mit deiner Schwester immer, aber normalerweise nicht lebensgefährlich.«

»Das wird schon alles. Meine arme Oma hat fast das ganze Jahr über niemanden gesehen.«

»Wie wär's, wenn wir als Partyspiel einen Revolver mitbringen und dann an der Trommel drehen?«

Er lacht. »Na komm«, sagt er liebevoll, hält mich an den Schultern fest, ist mir zu nah mit seinem Atem. Ich weiß, er versucht, liebevoll zu sein, ich weiß. »Es wird dir Spaß

174

machen, ich verspreche es dir.« *Blasé,* gelangweilt, gleich-
gültig, vom Französischen *blaser*, angewidert, übersättigt
sein, und dem französischen Dialekt: »ständig einen Kater
haben«.

Chresmomantie: Weissagung aus den irren Worten wahnsinniger Männer

Trump verlangt immer noch die Nachzählung der Stimmen, was ein schlechtes Omen ist.

Brontomantie: Weissagung aus dem Donner

Aieeeeeee!

Ich werde von einem schrecklichen Geräusch wach, springe wie von der Tarantel gestochen aus dem Bett und rase die Treppe hinunter. Xander war immer schon ein Frühaufsteher. Als Kleinkind weckte er uns oft um vier oder fünf auf und kam zu uns ins Bett gekrochen, ein süßes, zappelndes, warmes Menschlein im Doppeldecker-Schlafanzug. Heute früh ist er schon seit zwei Stunden wach und hat gezockt. Als ich zu ihm komme, ist er am Boden zerstört, weil er es nicht geschafft hat, den Minotaurus umzubringen. Ich atme einmal tief durch. Ich muss mal dringend. »Das macht doch nichts, Xander, es ist nur ein Spiel«, sage ich. »Du bist hangry. Hier, iss was.« Ich kippe Sojamilch über Shreddies.

»ICH BIN NICHT HANGRY, das ist ein SCHEISS-WORT.«

Draußen ist es immer noch dunkel, das Wetter ist stürmisch, unsere Mülltonne umgekippt. Zerdepperte Blumentöpfe. »Du sollst nicht vor der Schule zocken, das sind ganz schlimme Angewohnheiten, und ich bin eine schlechte Mutter, dass ich dir das erlaube. Bitte weine doch nicht, es ist nur ein Spiel.«

Aber er ringt nach Luft, so heftig läuft ihm der Schnodder aus der Nase, er tritt um sich, stampft mit den Füßen,

177

boxt sich selbst. »Es macht WOHL was aus! Wenn das nichts ausmacht, dann ist ALLES EGAL! Es macht WOHL was aus!« Ein quietschendes, kaputtes Brüllen. Fast hätte ich zurückgebrüllt, zwinge mich aber, es nicht zu tun – es muss ja wohl nicht sein, den sinnlosen Schein beim Namen zu nennen, auf dem Xander seine gesamte Existenz aufgebaut hat. Den sinnlosen, aber bequemen Schein. Wie Jason mich ermahnt hat: Ich muss mich etwas abregen. »So, jetzt zieh deine Schuluniform an«, sage ich schließlich, und er stürmt nach oben in sein Zimmer.

»Alexa, spiel ›Happy‹.« Das fröhliche, zum Tanzen anregende Lied dröhnt durchs Haus.

»Mach das leiser«, brülle ich nach oben. Ich hasse dieses verdammte Überwachungsgerät in seinem Zimmer, ich hätte nie zulassen dürfen, dass er so etwas zum Geburtstag bekommt. Gibt es irgendeinen Augenblick, in dem er Amazon keine Daten schenkt? Die Musik ist viel zu laut, und ich muss noch schnell eine Mail schreiben. Und die Nachbarn. »Xander, dreh das LEISER, SOFORT!« Und er dreht es ab. Er dreht »Happy« ab.

Auramantie: Weissagung aus der Aura

*»Alles ist so viel schöner, weil wir irgendwann
sterben. Nie wirst du bezaubernder sein als in
diesem Moment. Nie wieder werden wir hier sein.«*

Homer, *Ilias*

Ich markiere dieses Zitat mit einem roten Kreuz und
schreibe *Quelle?* daneben. Wie sich herausstellt, stammt
der schöne Spruch aus Wolfgang Petersens Film *Troja* mit
Brad Pitt und Orlando Bloom, aber auf *Goodreads* steht
er als Homer-Zitat, eine kleine Falle, in die man Aufsatz-
schreiber in Panik schön locken kann.

Ich habe die Abschlussprüfungen fertig korrigiert,
reiche meine Noten ein, beende die Arbeit für dieses
Semester, gehe nach draußen, warte auf den Bus, steige
ein, lese Schlagzeilen auf dem Handy. Der Kampf gegen
»Wokeness« geht weiter – nach Jahrtausenden der Un-
terdrückung haben die Mächtigen endlich herausgefunden, sie können einfach sagen, dass ihnen Leute mit
einem Bewusstsein gegen den Strich gehen. Umfragen
zeigen, dass die meisten Briten zustimmen. Nieder mit
dem Gutmenschentum! Wer ein Gewissen hat, gehört
hinter Gitter!

Twitter meldet: *Aktuelles Waage Wochenhoroskop
13. Dezember – Das Glück trägt eine rote Mütze. Voraus-*

schauende Planung ist gut, aber es ist auch schön, jemand anderen planen zu lassen. Heute ist Dein Tag, mache ihn zum Fest!

Manchmal schaue ich mir immer noch Jays Instagram-Feed an: die Strümpfe mit den kleinen Augen drauf, die Kette auf einem schwarzen Pulli, eine niedliche Katze im goldenen Abendlicht, Jay mit zwei Instagram-Tränen, Angel in the Cloud Filter. Manchmal verwendet J einen Filter, bei dem they von einem Regenbogen umstrahlt wird wie von einer eiförmigen Aura. Jay will ganz offensichtlich angeschaut werden – aber von wem? Von mir? Ich glaube nicht, dass ich gemeint bin. Früher habe ich diese Posts ständig kommentiert, aber das mache ich seit Wochen nicht mehr. Jays Klassik-Tweets leite ich immer noch weiter, das fühlt sich weniger gewagt an. Heute klicke ich auf das kleine ♥ und sehe, wie es sich mit roter Farbe füllt. Augenblicklich fühle ich mich wie eine widerliche, alte Spannerin und hätte das Rot gern zurückgenommen. Aber würde Jay dann nicht sehen, dass ich »Gefällt mir« rückgängig gemacht habe und wäre das vielleicht noch schlimmer?

Eine Aura ist die farbige Ausstrahlung des Energiekörpers, die laut Esoterik den sichtbaren menschlichen Körper wie ein Energiefeld umgibt. Ich habe noch nie eine Aura gesehen, aber mein Dad scheinbar schon: den Energiekörper meiner Mum. Das ist eine der Anekdoten, die sich um meinen Vater ranken – sie habe geschimmert, ausgesehen wie immer, aber nur schöner, mit Licht, das sich aus ihren Handtellern ergoss wie bei einer Göttin … Welche Farbe ihre Aura hatte, weiß ich nicht mehr. Auren wurden besonders durch Charles Webster Leadbeater popularisiert, Mitglied der Theosophischen

Gesellschaft. Er bezeichnete sich gern als Wissenschaftler, behauptete allerdings, herausgefunden zu haben, dass die meisten Menschen vom Mars stammten, abgesehen von den Höherentwickelten, die vom Mond kamen. Sein 1901 zusammen mit Annie Besant veröffentlichtes Buch *Thought-Forms* (deutsch: *Gedankenformen*) ist online zugängig. »Es ist eine mühsame und undankbare Aufgabe, die in das lebendige Licht höherer Welten gehüllten Formen mit den trüben irdischen Farben zu malen«, gibt das Vorwort zu bedenken. Aber die Abbildungen sind wunderschön und wurden von vielen Malern geliebt und bewundert – Kandinsky, Mondrian, Beckmann. DIE LEGENDE ZUR BEDEUTUNG DER FARBEN ist abstrakt und perfekt wie die Palette eines Aquarellmalers: *Ausgeprägte Spiritualität* ist ein blasses Indigoblau, *Starker Intellekt* ein Eidottergold, *Stolz* Korallenrot, *Mitgefühl* eine Farbe wie Waldmeisterwackelpudding, *Sinnlichkeit* ein Backsteinrot.

Die auratischen Eier selbst sehen aus wie Lavalampen, einfach irre schön. Mit Zickzack und Streifen wie Ostereier verziert. Aber dann liest man die Bildunterschriften aufmerksamer. *Tafel VII: Astralkörper des Wilden.*

Griechisch *aura*, Atem + *manteia*, Prophezeiung. Leider lässt sich zu leicht vorhersagen, dass ein Farbsystem, in dem Schwarz *Niedertracht* symbolisiert, früher oder später missbraucht wird – von Faschisten, die andere fürs Atmen verurteilen. »Es ist unsere große Hoffnung – wie es auch unser fester Glaube ist – dass dieses Büchlein jeden Leser ernstlich fördern wird. Es soll ihm die wahre Natur und die Macht seiner Gedanken klar machen, es soll die ernsthaften Sucher begeistern und die Unreifen warnen.«

Als ich nach Hause zurückkomme, ist es schon sechzehn Uhr. Hermes und die Amazonen waren bei uns und haben Pakete gebracht, meine Weihnachtsgeschenke. Jason steht in der fast dunklen Küche und trinkt Bier, er und die Stapel ungewaschener Töpfe und Pfannen als Silhouette vor dem Fenster, letztes, rosarotes und dunkelblaues Licht. *Tafel XVIII Tiefe Depression.*

»Wo ist Xander?«, frage ich.

»Im Park, glaube ich.«

Ich gerate augenblicklich in Panik. »Soll das ein Witz sein? Glaubst du? Wo ist sein Rucksack? Hat er sein Handy dabei?«

»Wir haben uns gestritten, ich habe gesagt …« Ich muss mich total beherrschen und die Fäuste ballen, die Zähne zusammenbeißen, um Jason ausreden zu lassen und nicht sofort auf der Suche nach Xander loszurennen. »Er wollte partout nicht sein Tablet ausschalten, er hört überhaupt nicht mehr auf mich. Ich habe ihm gesagt, dass es vielleicht unser letztes Weihnachten als Familie ist. Ich habe ihm gesagt, es kann sein, dass du mich verlässt.«

»Was?«, sage ich. Es ist eine ernsthafte Frage, ich habe ihn nicht richtig verstanden, ich habe das Gefühl, ihn gehört zu haben, aber ich kapiere nicht, was er da sagt.

»Du weißt schon, dass es öffentlich ist, wenn du in den sozialen Medien mit Leuten flirtest? Du weißt, dass es eine öffentliche Plattform ist?«

»Ich hab gar nicht –«, kommt es schrill aus meinem Mund, dabei habe ich ja. Ich glaube, ich will sagen: Ich habe dich nicht genug beachtet. »Du irrst dich«, platze ich heraus. »Ich verlasse dich nicht.«

»Okay.« Er stößt einen Seufzer aus. »Dann ist ja gut. Okay. Danke dir. Gut.«

Ich zittere, weil ich mich auf den nächsten Schlag gefasst mache. So einfach kann es ja nicht vorbei sein. Aber irgendwie lässt er es damit auf sich beruhen. Jason zieht mich an sich und küsst mir leicht auf den Kopf. Und dann beugt er sich nach unten, zieht die Joggingschuhe an und rennt steifbeinig los, Richtung Park, in die kommende Dunkelheit.

Mikromantie: Weissagung aus kleinen Gegenständen

»Zu Weihnachten dürfen sich Millionen von Menschen nicht mit Personen aus einem anderen Haushalt treffen. Medienberichten zufolge sollen die Maßnahmen zur Eindämmung von COVID-19 im Vereinigten Königreich verschärft werden. Das bisher dreistufige COVID-Warnsystem wird um eine Stufe erweitert. Aktuell gilt, dass in allen Städten und Gebieten im Südwesten Englands – auch ganz London – ab Sonntag die vierte Warnstufe gilt, aus Sorge über eine neue ›Mutante‹ des Coronavirus. In den sozialen Medien kursieren Bilder von Menschenmassen, die sich voller Panik am Bahnhof St. Pancras drängen, weil sie die Hauptstadt noch schnell verlassen wollen, bevor Stufe 4 in Kraft tritt. Die Sitzplätze in den Zügen nach Newcastle sind fast vollständig ausgebucht.«

»Kommt überhaupt nicht in die Tüte, dass ich Xander sage, Weihnachten fällt dieses Jahr aus«, sagt Jason und stellt den Fernseher aus. »Ich meine, wollen die uns verarschen? Der Staat verbietet mir, an Weihnachten meinen eigenen Vater zu besuchen?« Und ich, ich fühle mich gescholten, ertappt, betreten, dankbar für seine Nachsicht, voller Angst, vor Xander einen Streit vom Zaun zu brechen, nicke gehorsam und fange umgehend an zu packen.

Und so sitzen wir drei im Auto und fahren zu Jasons Dad. Es ist schon spät, ich sitze hinten, der schlafende

Xander lehnt an meiner Schulter, und ich genieße es: sein warmes Haar, die auf mir ruhenden Hände. Das beruhigende Geräusch der Scheibenwischer. Nasses Licht trifft auf schwarze Scheiben. Nasses, tröpfelndes Licht. Mit jedem tiefen Atemzug atmet Xander Tröpfchen aus, die Jason und ich einatmen.

Dendromantie: Weissagung aus Bäumen

»Hallo!« Der Silberfuchs reißt die Tür auf, um uns zu begrüßen. Wir huschen schnell hinein, weil wir an die Blicke der Nachbarn denken, aber er hat keine Eile. Sein selbstzufriedenes Grinsen. Er umarmt Jason. In der nach Hunden riechenden Diele gibt er mir unter dem Mistelzweig einen Kuss auf die Wange, was mir noch unangenehmer ist als sonst. »Die Saturnalien, was! Mal alle Regeln auf den Kopf stellen. Boris kennt seine alten Lateiner, habe ich recht?« Diesen Witz hat er sich extra für mich aufgehoben, und ich soll mich davon geschmeichelt fühlen.

»Ja, scheint ja eine alte Sitte bei uns zu sein, dass wir uns einen Karnevalskönig zum Herrscher wählen.«

»Haha, aber echt.« Er lächelt. Er dreht sich zu Xander um und schlägt mit ihm ein. »Und wer ist dieser junge Mann hier?«

Am Ende des Flurs taucht das Gesicht seiner Lebensgefährtin Helen auf: um die sechzig, blond, strahlendes Lächeln, Doppelkinn, aber immer noch eine Schönheit. »*Gin Time!*«, kräht sie gutgelaunt und zieht ab, um für die Erwachsenen das gewohnte Tablett mit eiswürfelgekühlten Gin Tonics fertigzumachen. Seit die beiden im Ruhestand sind, frönen sie ihren Ritualen. Immer ist eine Flasche guter Roter offen, ein Kreuzworträtsel im Gang, eine halbe braune Banane auf dem Obstteller, die Helen morgens ins Müsli schnippelt.

Offiziell gehört das Haus Helen, Erbstück, aber Jasons Vater wohnt seit mehr als einem Jahrzehnt dort. Das Haus ist alt und zugig, aber die kleinen Marker des Wohlstands sind überall beiläufig verteilt, als wäre es selbstverständlich. Frische Schnittblumen in einem angestoßenen Krug, ein echtes Ölgemälde über den Gummistiefeln. Die Hunde haben sich vorwiegend in der Küche aufzuhalten und springen an einem hoch, wenn man die Küchentür aufmacht. Zu Weihnachten gibt es das beste Stück vom Rind, weil Truthahn viel zu langweilig schmeckt.

Xander und ich tragen die Koffer hoch in unsere Zimmer. Die Bettwäsche ist herrlich glatt und perfekt festgesteckt. Wir haben zu Hause keine Badewanne, und ich werfe einen sehnsüchtigen Blick ins Bad. Es tut echt gut, mal woanders zu sein. »Darf ich Roblox mit Jaden spielen?«, fragt Xander.

»Jetzt ist Schlafenszeit, mein Schatz. Zieh deinen Schlafanzug an und sag Opa und Uroma gute Nacht, okay? Sie freuen sich so, dass du da bist. Sie haben dich das ganze Jahr lang nicht gesehen.«

»Sie haben mich im Sommer bei Opas Party gesehen.«

»Du weißt, was ich meine. Sie haben dich lieb.«

In Wirklichkeit ist es allerdings so, dass sie nicht wissen, wie sie mit Xander umgehen sollen, seit sie nicht mehr die Spielzeugkiste für ihn herausholen können. Jasons Schwester und ihre Kinder kommen jetzt doch nicht, und als ich auf Socken die Treppe runtergehe, höre ich halb mit, wie sie uns dafür verurteilt, dass wir Weihnachten hier feiern wollen. Aber jetzt ist es zu spät. Jasons Großmutter sitzt im Wohnzimmerlehnstuhl vor dem rauchenden Feuer und erwartet uns dort. Sie ist sehr schwach und kommuniziert zum größten Teil mit Nicken und Lächeln.

Vor vielen Jahren hat sie mir einmal erzählt, sie habe mit dreizehn von der Schule abgehen müssen, weil ihr Vater fremdgegangen sei. Ich weiß, dass sie ein Innenleben hat, eine ganze, lange Lebensgeschichte – ich sollte mich auf sie einlassen und versuchen, richtig mit ihr zu reden – aber ich bin müde. Ich nicke ihr zu und lächele sie an. »Schöner Baum«, sage ich.

»Den hat Helen geschmückt«, antwortet Jasons Vater wie selbstverständlich und schiebt ein Holzscheit in die schwachen Funken. »Hat sie das nicht super gemacht? Ganz in Weiß und Silber, sehr edel. Den Kranz an der Tür hat sie auch selbstgemacht, stimmt's, Helen? Dabei habe ich gesagt, dieses Jahr sollten wir besser Kreuze an die Tür malen!«

Jason ist schon mit dem Rotwein beschäftigt. Als er den Korken herauszieht, sieht sein Gesicht seltsam aufgedunsen und glänzend aus, wie immer, wenn er hier zu Besuch ist. Sein Vater redet von den Weihnachtsplänen. Lange Spaziergänge durch die morastigen Felder. Eine Fahrt zum Waitrose, um Parmesan und Salat zu bunkern, weil die Franzosen die Häfen blockieren. Die Addisons kommen zum Abendessen. Warum in Dreiteufelsnamen kommen die Addisons zu Besuch? Nichts von alledem macht einem Zehnjährigen Spaß. Alle sind aus der Übung, und der höfliche Umgang miteinander wirkt steif und aufgesetzt.

Am Heiligabend bekomme ich eine SMS von Jadens Mum, aber ich sage nichts.

Drimimantie: Weissagung aus Körperflüssigkeiten

In Oxfordshire tritt am zweiten Weihnachtsfeiertag Warnstufe 4 in Kraft, weswegen wir nach Hause fahren. Jason hat einen Kater und trinkt beim Fahren Lilt. Xander verrät es ihm, im Auto. »Jaden hat's.«

»Was hat er?«

»Corona – aber er meint, er fühlt sich gar nicht krank.«

»Alles klar«, sagt Jason. »Da hat er wohl noch mal Glück gehabt.«

»Glaube schon.«

Als wir zu Hause ankommen, ist mir schwindlig und ich kann mich kaum auf den Beinen halten. Ich habe einen seltsamen Druck auf den Nebenhöhlen, der immer stärker wird, als würde sich eine Riesenhand auf meine Stirn drücken und mir die Absolution erteilen.

Ich wage es nicht, etwas zu sagen, sondern fange einfach an mit Auspacken. Im Kühlschrank steht eine Flasche saure Milch, ein widerlich grau gewordenes Ragout, das ich aufgetaut hatte, bevor wir überstürzt abgefahren sind. Es ist Zeit fürs Abendessen, ich werde irgendetwas kochen müssen, aber mir ist schrecklich übel. Ich fange an, für die Männer Spaghettisoße zu machen, nicht ohne mir die Hände vorher sehr sorgfältig gewaschen zu haben. Ich spüre meine Atemtröpfchen schrecklich genau auf dem Schneidebrett, dem Messer, der Paprika. Ich schneide mir in den Finger, dass das Blut tropft. Tropf, tropf. Es wäre besser, wenn ich das bleiben ließe, denke ich, aber ich halte durch. »Ich geh lieber gleich ins Bett«, sage ich, als ich den beiden die Teller hinstelle. Ich fülle ihnen die Wassergläser und schwanke einen Augenblick, als ich mit fahrigen Fingern am Wasserhahn stehe. Glas knallt gegen Metall. Nichts zerbricht, aber trotzdem. In meinen Augenwinkeln schweben Lichtpunkte, wie ich es aus besonders stressigen Momenten kenne. Es ist, als könnte ich die Covidviren mit ihren leuchtenden Tentakeln vor mir sehen.

»Das ist jetzt nicht dein Ernst. Vor Xander?«, sagt Jason. »Zu viel gesoffen oder was?«

»Wenn ich ganz ehrlich sein soll, geht's mir nicht besonders gut.«

»Erzähl keinen Scheiß«, fährt er mich an. Wenn er es nicht glaubt, kann es ja gar nicht wahr sein.

»Wie fühlst du dich, Xander?«, frage ich.

»Alles okay, Mum«, antwortet er bedrückt. »Ja, ich fühle mich okay.«

~

In dieser Nacht krieche ich heimlich ins Gästebett.

Ich wache um ein Uhr auf und muss das Fenster öffnen. Draußen ist es eiskalt, aber ich habe dieses wahnsinnige Bedürfnis nach frischer Luft, als könnte ich sonst ersticken.

Der Mond hängt im Atemdunst.

Der Schweiß läuft mir nur so herunter, von meinen Brüsten tropft es wie warmes Öl, sinnlich, widerlich. Ich bekomme die kalte Luft in den Hals und muss husten, unterdrücke es aber, weil ich die anderen nicht aufwecken will.

Am nächsten Tag habe ich bleischwere Glieder. Ich schleppe mich ins Bad und habe Durchfall. Hinterher sprühe ich alles mit Toilettenreiniger ein, versuche wie verrückt, die unsichtbaren Partikel wegzuputzen, öffne das Fenster, um noch mehr kalte Luft reinzulassen. Mein Schlafanzug ist schweißgetränkt, ich muss mich umziehen. Ich wanke nach unten, um Xander das Frühstück zu machen, aber er sagt: »Ich habe schon gefrühstückt, Mum, leg dich wieder hin«, und dann lege ich mich mit meinem Handy eine Woche lang ins Bett.

~

Es laufen unendlich viele Weihnachtssendungen. So viele Wiederholungen. Das Fernsehen der Achtziger und Neunziger. Es kommt einem vor, als wollten sie den Sterbenden die Mühe ersparen, ihr Leben blitzschnell vor dem inneren Auge vorbeiziehen zu sehen.

Jason fährt mich zu einem Testzentrum auf einem Parkplatz, wobei er immer noch drauf beharrt, es sei sicher nur eine Grippe. Als mir das Wattestäbchen tief in den Hals geschoben wird, muss ich würgen. Boris Johnson verkündet eine neue, diesmal landesweite Ausgangssperre.

Ansonsten bleibe ich in meinem Allerheiligsten und balanciere über dem Abgrund. Zittere über dem Felsspalt. Habe ich Angst? Das Zimmer ist niedrig und dunkel, das Blut pumpt, das Herz pocht, alles verschwimmt, füllt sich mit dem Verwesungsgeruch, ein süßes, kriechendes Betäubungsmittel. Meine Beine zucken. Meine Zunge ein Klumpen.

Jason muss ins Krankenhaus. Seine Großmutter ist schwerkrank. Es gibt nicht genug Sauerstoff für alle, sie hat eine Patientenverfügung. Jasons Dad und Helen geht es einigermaßen, sie können nur den Wein nicht schmecken. Jeffrey Addison wird intubiert. Warum Jason ins Krankenhaus vorgelassen wird, ist mir nicht recht klar, vielleicht gibt er auch nur Sachen für seine Großmutter ab oder unterschreibt irgendetwas.

Xander stellt mir das Tablett vor die Tür: Tee, Orangenscheiben. Ich habe das Gefühl, als würde mir ein Kissen aufs Gesicht gedrückt. Die neun Schwerter glänzen und drehen sich im Bildschirmlicht. Warum sind strahlende Augen schön, funkelnde dagegen zornig?

Als es dunkel wird, kommt Xander herein und setzt sich ans Fußende meines durchgeschwitzten Betts. »Fass mich nicht an«, sage ich, obwohl ich viel lieber gesagt hätte: Mach dir keine Sorgen. Oder will ich sagen: Hilf mir nicht?

Erst dann höre ich, dass ein sehr hohes, fürchterliches Quietschen aus ihm kommt, sehe sein vor Schluchzern verkrampftes Gesicht. »Urgroßmutter ist tot«, kreischt er und schlägt auf sich ein. »Ich habe sie umgebracht. Ich bin so ein Idiot so ein Idiot …«

Das Adrenalin durchbricht meine Benommenheit – ich spüre auf einmal jeden Schweißtropfen auf der Haut. Ich bin das Orakel, und ich sehe es, rieche es: Die Zukunft meines Sohnes, schwarz, wie sie sich an den Rändern verdunkelt, düstere Flecken bekommt, alles verdirbt, und so reiße ich sie mit der bloßen Hand aus den Flammen –

»Red keinen Blödsinn«, flüstere ich, so ruhig ich kann. »Du hast das Virus doch gar nicht. Wir wissen alle, dass ich schuld bin. Ich habe sie umgebracht.«

Phobomantie: Weissagung aus Angstgefühlen

Trophonios war ein Heros oder Dämon oder Gott – was genau, weiß niemand. Sein Name geht auf τρέφειν, tréphein, »ernähren« zurück. Angeblich war Apollon, Gott der Prophezeiungen, sein Vater.

Laut Pausanias, Reiseschriftsteller und Geograph im zweiten Jahrhundert nach Christus, baute Trophonios zusammen mit seinem Bruder Agamedes eine königliche Schatzkammer mit einem versteckten, zweiten Eingang, den nur sie kannten. Später schlichen die beiden sich herein und stahlen dem König so viel von seinem Gold, wie sie tragen konnten. Doch leider ließ die Habgier sie an den Ort ihres Verbrechens zurückkehren. Der König hatte mittlerweile eine Falle gelegt, und Agamedes tappte hinein. In einem Augenblick wilder Panik schlug Trophonios seinem Bruder den Kopf ab, damit der König den Leichnam nicht erkannte. Nach dieser Tat floh er nach Lebadeia, wo die Erde sich auftat und ihn verschluckte.

Jahre später hatten die Bewohner von Lebadeia unter einer Seuche zu leiden, die das Land verwüstete. Überall lagen die Toten herum und wurden ohne Waschungen, Weihegüsse oder Trauergesänge in Massengräber geworfen. Auch die Münze auf der Zunge für den Fährmann fehlte. Verzweifelt zernagten die Menschen die Luft, weil sie nicht mehr atmen konnten, flehten die Götter an. *Ich bin noch nicht so weit.* Sie befragten das Orakel in Delphi, und die Pythia trug ihnen auf, das Grab eines unbekannten Heroen zu finden und dort zu opfern. *Heros.* Das Wort bedeutet eigentlich »Schützer« oder »Verteidiger«, wird aber immer gleichbedeutend mit »gewalttätiger Held« gebraucht.

Schließlich folgte ihnen ein Hirtenjunge, der bemerkte, wie Bienen in eine Erdspalte flogen. Er fand die Höhle des Trophonios und stürzte sich anbetend hinab in den Felsspalt. Wie vorhergesagt ging damit auch die Seuche zu Ende.

Pausanias beschreibt viele Details des Trophonioskults. Dieses Orakel zu befragen war offensichtlich noch schwieriger als das Orakel von Delphi. Es gab endlos viele Vorschriften. Man musste sich eine bestimmte Anzahl von Tagen in einem geweihten Haus aufhalten und nur das Fleisch von Opfertieren verzehren. Dann mussten einer ganzen Reihe von Gottheiten nach einem strengen Zeitplan Opfer dargebracht werden – Kronos, Apollon, Zeus, Hera, Demeter. Ein Schafsbock wurde für das Gespenst seines Bruders Agamedes in eine Grube gestoßen. Wasser aus zwei Quellen musste getrunken werden, aus der Lethe (Vergessen) und der Mnemosyne (Erinnern). In ein schlichtes Opfergewand gekleidet durfte man schließlich den Orakelschrein betreten und bis zu einem engen Loch im Boden hinabsteigen. Von unten wurde nun ruckartig an den Füßen gezogen, ein Fluss, ein Schlag auf den Kopf, dann sprach die unsichtbare Kreatur …

Jeder, der in diese Höhle hinabstieg, erlebte solch schreckliche Ängste, dass er alles vergessen hatte – was er dort eigentlich wollte, was vorgefallen war –, sobald er wieder oben war. »In die Höhle des Trophonios hinabsteigen« wurde zur sprichwörtlichen Redewendung für »große Furcht erleiden«. Halb bewusstlos wurde der Bittsteller nach dem Wiederauftauchen zum Stuhl des Erinnerns geführt, an dem die Priester des Schreins das wüste Gestammel deuteten, so gut sie dazu in der Lage waren.

Halt. Eigentlich wollte ich doch erzählen, dass es noch eine andere Version dieser Sage gibt, an die ich oft denken muss. Laut der homerischen Hymne auf Apollon errichtete Trophonios den Orakeltempel zu Delphi zusammen mit seinem Bruder Agamedes. Nach der Fertigstellung sagte das Orakel ihnen, sie sollten sich sechs Tage lang allen denkbaren Freuden hingeben, und am siebten Tag würde ihr größter Wunsch erfüllt werden.

Nach sieben Tagen wurden sie tot in ihren Betten aufgefunden.

Ichnomantie: Weissagung aus Fußabdrücken

Eine Liste mit Schulen wird veröffentlicht, die zum Liveunterricht zurückkehren, also sagen wir Xander, er dürfe wieder in die Schule, aber dann stellt sich heraus, dass es doch nicht stimmt.

Am nächsten Tag stürmen Trump-Anhänger das Kapitol. »Proud Boys« mit Bleirohren, »Oath Keepers«, »Schwurbewahrer« mit Kampfmontur und Helmen, »God's Warriors«. Kein Name kommt ohne Lüge aus. Sie richten einen Galgen mit Schlinge auf und wollen Vizepräsident Pence aufhängen. Südstaatenflaggen. PELOSI IST DER TEUFEL. Und Trumps Freunde und Familie gucken sich das Ganze aus einem beschissenen Veranstaltungszelt mit Häppchen an.

Wir gucken es uns auch an, auf Fernseher und Handys, alles läuft, während wir uns fassungslos Suppe in die Münder löffeln. Xander schüttelt den Kopf: *Wow.* Ich denke: Meine Weissagung bewahrheitet sich! Ich kann hellsehen! Dann: Ich und so ziemlich jeder Kommentator der Welt, du Doofi.

Die Beerdigung von Jasons Großmutter bleibt mir erspart, wegen der beschränkten Zahl zugelassener Trauergäste. Ich vermute, dass Jason sich betrogen fühlt, als würde ich mich meiner gerechten Strafe entziehen. Vielleicht fühle ich mich auch um meine gerechte Strafe betrogen. Die Totenwache fällt aus. An einem Morgen rasiert Jason sich, spritzt sich Aftershave ins Gesicht, Xander und er ziehen dunkle Mäntel an und fahren los. Als sie zurückkommen, sagen sie nicht viel. Xander geht sofort hoch in sein Zimmer und macht die Tür hinter sich zu.

Danach passiert wochenlang nichts. Das schreibe ich so schnell hin, aber Zehntausende sterben, Krankenwagen stehen in langen Schlangen vor überfüllten Krankenhäusern, nur will es diesmal niemand so richtig wahrhaben. Auf den Krankenhausparkplätzen stehen Leute und halten Schilder hoch COVID = LÜGE, skandieren Sachen wie »Corona gibt es nicht!«

Dieser Lockdown fällt uns schwerer als der erste, der Neuigkeitswert ist weg. Mir sind die Traumpillen ausgegangen. Der Schule wird Druck gemacht, sie solle mehr Unterricht anbieten, deswegen muss Xander jeden Morgen auf Zoom an einer Versammlung teilnehmen, dann zwei endlose stummgeschaltete Sitzungen auf Teams, in denen die Kinder erweiterte Nominalphrasen in die Kommentarfunktion tippen müssen. Teams läuft nur auf meinem Laptop, und wir bekommen einfach nicht raus, wie man die Benachrichtigungen ausschaltet oder Änderungen im Doc vornimmt. Wenn irgendjemand einen Smiley postet, erscheint sofort das strenge Gesicht der Rektorin und verkündet, wir seien hier nicht beim Chatten. Ab und an versuche ich, im Nebenzimmer auf meinem Handy zu arbeiten, aber sobald das Internet von einem zweiten Gerät mitgenutzt wird, hängt sich Teams auf, und Xander verweigert die Mitarbeit, wenn ich nicht direkt danebenstehe. Wenn er auf dem Klo einen Comic liest, kommt es mir schon wie ein kleiner Erfolg vor.

Jeden Tag richte ich Xander seinen Platz am Rechner ein, mache ihm etwas zu essen, versuche zu arbeiten, helfe ihm bei seinen Aufgaben, kaufe mir etwas online, mache ihm etwas zu essen, wasche ab, versuche zu arbeiten, rufe meine Mum an, mache uns etwas zu essen, arbeite, während der Fernseher läuft. *Ein perfekter Planet, It's a Sin, Dig, Call My Agent, Die Schlange, Can't Get You Out of My Head.*

Irgendjemand will das, denke ich immer wieder. *Irgendjemand will, dass wir so leben.*

Draußen ist es sehr kalt. An einem Morgen schneit es – am Himmel wirbeln die weißen Pixel –, und Jason und Xander werfen mit Schneebällen nacheinander. Die Zweijährige von gegenüber stampft in einem dicken rosafarbenen Skianzug ein Labyrinth in den Schnee, vergisst sofort wieder, dass die Spuren von ihr selbst stammen, und läuft ihnen begeistert nach. Sie verfolgt das Ungeheuer – sich selbst.

Jason bestellt online weitere Weinkartons. Er geht mit Joey spazieren, der angeblich weniger manisch drauf ist. Joey behauptet, einen alkoholfreien Januar eingelegt zu haben, aber irgendwie sitzen sie dann doch auf einer frostigen Parkbank und trinken Dosenbier. Wenn man selbst wirklich gern einen trinken würde, fällt es schwer, den Alkoholismus anderer zu verteufeln, denke ich, und ziehe einen Marlborough Sauvignon auf, als Jason wieder da ist.

»Wir fahren nicht nach Delphi, stimmt's, Mum?«, sagt Xander an diesem Abend. Beiläufige Bemerkung.

Moromantie: Weissagung aus Torheit

Im Zoom-Warteraum frage ich mich sehr ernsthaft, was ich mir diesmal von dem Horoskop erwarte. Warum will ich mir bloß noch einmal von Rae die Karten lesen lassen?

Dabei weiß ich es genau. Ihr letztes Horoskop hat sich in allem bewahrheitet. Sie hat die Gefahr vorhergesagt, die mir bevorstand, die mich oder andere umbringen könnte. Covid-19! Und sie hat gesehen, dass der Buchstabe J oder der Name Jay wichtig sein würden. Ich rede mir ein, dass garantiert jeder einen John oder eine Jane in der Familie hat – oder etwa nicht? Wenn sie X gesagt hätte, wäre das wesentlich beeindruckender gewesen. Aber ein Teil von mir kommt einfach nicht davon los, dass eine solche Ballung von Zufällen unheimlich ist.

Und doch bin ich wieder in genau derselben Lage wie vor einem Jahr, trotz allem, was passiert ist. Es ist beschämend und vergiftet alles, aber ich will trotzdem wissen, was als Nächstes kommt. Warte ich darauf, dass sie mir sagt: »Du musst raus aus deiner Ehe«? Ist das wirklich das Scheißniveau, auf dem ich mich bewege, dass ich einer schlechten Aushilfsschauspielerin viel Geld dafür zahle, damit sie mir sagt: »Du musst raus aus deiner Ehe.«? Damit es mir vorkommt, als sei es Schicksal? Als ob ich ihn jemals verlassen würde. Ich bin körperlich nicht in der Lage, irgendetwas zu tun, womit ich Xander schaden könnte, jede meiner Zellen wehrt sich dagegen. Außerdem liebe ich Jason ja vielleicht sogar noch, ich liebe nur uns, unsere Beziehung nicht, und vielleicht bin ja ich selbst der Teil davon, den ich loswerden möchte.

»Ach, hallo, schön, dass wir uns wiedersehen«, sagt Rae, als sie mich auf ihrem Bildschirm erkennt. Sie ist offensichtlich überrascht, mich zu sehen, was bei einer Hellseherin keinen so guten Eindruck macht. Sie streicht sich die glatten, blonden Haare aus dem Gesicht und fängt an, das Tarot-Deck zu mischen. An den Fingern trägt sie jede Menge fette Klunker.

»Hi«, sage ich.

»Hast du ein bestimmtes Anliegen?«, fragt sie, wieder mit ihrer künstlich kieksenden Stimme.

»Ich brauche nur ganz unbedingt irgendeine … Art von Zukunft«, stammle ich. »Ich will einfach wissen, ob es eine Zukunft für mich gibt.«

Was ist, wenn Jason stirbt?, schießt es mir durch den Kopf. Bei dem Gedanken wird mir schlecht. Was ist, wenn er stirbt, genau wie mein Vater, und dann bin nur noch ich da und für alles allein verantwortlich? Bei Süchtigen gibt es einen gewissen Zeitraum, in dem man sein Schicksal noch beeinflussen kann, aber dann ist der Tag da, an dem die Würfel gefallen sind, bevor man es vielleicht selbst bemerkt hat. Das Hexagramm steht fest. Haruspizium. Dann ist das Schicksal den Narben auf der Leber eingeschrieben und lässt sich nicht mehr verändern. GAME OVER.

»Ja, das ist ganz normal, es sind ja auch wirklich außergewöhnliche Zeiten«, erwidert sie, als habe sie mich missverstanden und legt mir die Karten.

»Hmm«, sagt sie. »Du bist von Glück gesegnet, aber momentan machst du eine schwierige Zeit durch, habe ich recht? Du fühlst dich zu wenig unterstützt momentan, seit wieder Ausgangssperre herrscht, und die Verantwortung lastet schwer auf dir. Ich weiß, dass viele Menschen es momentan schwierig finden, die Hoffnung nicht zu verlieren.« Was für ein Geseier. Eine Déjà-vu-Welle überrollt mich.

»Wie geht es mit den Schulschließungen weiter?« Es platzt einfach so aus mir heraus. Sie muss es doch wissen, wenn sie Hellseherin ist. Rae lächelt, ihre beigeglänzenden Lippen gehen in den Mundwinkeln nach oben.

»Die Kinder dürfen bald wieder in die Schule. Es ist richtig, nichts zu überstürzen. Aber jetzt zurück zu *dir*, lass dich nicht ablenken, heute geht es nur um dich. Du darfst es dir gestatten, dich selbst wichtig zu nehmen. Du machst dir natürlich Gedanken um deine eigene Gesundheit, um die Gesundheit deiner Familie. Ich sehe Herausforderungen, die auf dich zukommen …«

Sie dreht den Eremiten um, der im Schnee steht. »Du fühlst dich sehr allein, habe ich recht?«, sagt sie. »Du behältst all deine Gefühle und Sorgen für dich. Du redest mit niemandem darüber. Aber der Eremit hat eine Laterne in der Hand. Das ist deine innere Vision. Vielleicht brauchst du diese Zeit mit deinen Gedanken, um etwas über dich selbst zu lernen. Um zu lernen, wie man ein besserer Mensch wird.«

»In Ordnung, wird gemacht«, sage ich, irgendwie froh, dass mir jemand sagt, was ich tun soll. Ich fresse ihr aus der Hand wie ein zahmes Kätzchen. Aber es stimmt doch. Ich bin schrecklich einsam. Ich weiß, dass sie das zu jedem sagt, aber vielleicht ist das auch nicht so schlimm, weil wir alle gleich sind und uns alle nach diesen Worten sehnen.

»Erkenne dich selbst«, verkündet Rae, verkündet die Pythia in Delphi.

»Ja.«

»Und jetzt kommt die wichtigste Karte«, sagt sie. »Was die Zukunft bringen wird.« Und dann dreht Rae – wie sollte es auch anders sein – die Zehn der Kelche um.

Der Regenbogen, das glückliche Paar, die tanzenden Kinder.

Ich zucke zusammen, als sei es eine Falle, die jederzeit zuschnappen könne. »Glück in der Familie, Harmonie und Zufriedenheit zu Hause«, sagt sie. »Du Glückspilz.«

Batrachomantie: Weissagung aus Fröschen

Xander hat sich einen Tick angewöhnt: Er gibt ein Schnalzen von sich beziehungsweise ein Quietschen wie ein Scharnier, das mal geölt werden müsste. Wahrscheinlich tröstet es ihn irgendwie. Mir bricht es fast das Herz. Das Geräusch nervt Jason, und er blafft Xander ständig an: »Hör auf, die andern in der Schule glauben noch, du hast sie nicht mehr alle.«

»Na und? Ich gehe eh nicht in die Schule.«

Es nervt Jason, dass ich die Teller nicht der Größe nach aufstapele, dass der Boden im Badezimmer feucht ist, wenn ich geduscht habe. Unterschwellig meint er damit, dass es ihn nervt, dass ich so dumm war, Corona in seiner Familie einzuschleppen. Mich nervt die Tatsache, dass ich das nur gemacht habe, um seinen Wünschen zu entsprechen, gegen mein besseres Wissen, aber das lässt er nicht gelten. Es nervt mich, dass er mich nicht einfach eine Mörderin nennt, dann könnten wir wenigstens offen darüber sprechen. Ich bin genervt davon, wie lang er auf dem Klo sitzt, von den beknackten Quasselsendern, die er hört, die Geräusche, die er bei seinen Fitnessübungen macht, dass ich die Schere nie finden kann. Es nervt mich, dass sein Wasserglas nach Wodka riecht. Es nervt mich, dass Xander einen Riegel oder Chips isst und mir dann die Verpackung in die Hand drückt, als wäre ich der Mülleimer.

Xander ist inzwischen von meinen tollen Tatsachen genervt: *Ja, ich weiß, dass achtzig Prozent der Athener Sklaven waren, Mum.* Es nervt ihn, dass ich ein Zeitlimit an seinem Tablet eingerichtet habe, so dass er nach einer Stunde rausgeschmissen wird. Ich bin genervt davon, dass ich dieser Mensch in diesem Körper in diesem beschissenen historischen Augenblick sein muss.

Wir fahren alle häufiger aus der Haut, dann kommen uns die Tränen. Wegen idiotischer Streitigkeiten.

An einem Morgen erhält Xander die Aufgabe, eine BBC-Schülersendung über gefährdete Tierarten anzuschauen und dann ein Poster darüber zu gestalten – Süßwasserdelfin, Gibbon, Tiger, Faultier, Pangolin. Als Erstes nimmt Xander sich den Gespenstfrosch mit seinen gemusterten Glubschaugen vor. Im Lauf der Evolution ist diese Froschart dazu übergegangen, den Weibchen zuzuwinken statt zu quaken, weil die Wasserfälle so laut sind.

»Jaden hat gesagt, die Pangolinas sind schuld am Lockdown«, merkt Xander an, als er die vielen Schuppen des Tiers zeichnet. Auf der Stirn hat er einen blauen Tintenfleck, der mich an Schimmel erinnert.

»Das glaube ich nicht«, gebe ich hastig, aber wenig sachkundig zurück, damit er nicht anfängt, über die verschlungenen Pfade des Unheils nachzugrübeln und diesen Gedanken zu Ende zu denken.

»Der arme kleine Pango, der ist so süß«, sagt Xander und malt dem Schuppentier große Augen.

Wenn das alles ein großes Spiel ist, worum geht es den Programmierern dann? Wenn man anfängt, über Evolution als Prozess nachzudenken, darüber, wie sich die Menschen auf der Welt ausgebreitet haben, eine Spezies, in der jeder Einzelne so einmalig ist, wenn man über Entropie

nachdenkt … Das Ziel ist ganz eindeutig, für zunehmende
Komplexität zu sorgen. Aber während ich Xander beim
Googeln der Fakten helfe, wird mir klar, dass ein Fehler
im System aufgetreten sein muss. Plötzlich bricht die Welt
in sich zusammen, wird immer einfacher. Wird weniger.
Die Götter müssen schrecklich enttäuscht sein.

~

Ein Wunder geschieht: Bei der Einführung der Impfkam-
pagne gibt es keine größeren Pannen. Sogar meine Mum
wird geimpft (trotzdem beschwert sie sich am Telefon,
weil sie BioNTech bekommen hat. Was ist mit der zweiten Impfung? In ihrer Zeitung steht, die EU würde aus
lauter Bosheit die Lieferungen zurückhalten). Endlich
geht der Schulunterricht wieder los. Am Eingang zur
Schule herrscht eine fast euphorische Atmosphäre, alle
grinsen einander trotz Maske begeistert an. Auf Whats-
App lästern die Mums gutgelaunt: *Ihr glaubt, eure Kids
freuen sich – wartet erst mal ab, wie sich die Läusekinder
freuen werden!* In seiner Schuluniform tritt Xander mit
auf einmal zu kurzen Hosenbeinen aus der Hölle dieses
Jahres durch das Schultor in die Normalität.
    Außer dass die Hölle natürlich noch nicht wirklich vor-
bei ist. Es ist nie vorbei. Als ich Xander um halb vier abhole, stehen Unmengen von Eltern herum, quasseln,
tragen keine Masken, überall Kinderwagen und Kinder
aus der Vorschulklasse, die gegen meine Beine rennen,
und ich kriege es mit der Angst zu tun vor so viel körper-
licher Nähe. Ich höre mit, dass zwei Mütter irgendwelches
Impfgegnerzeug reden – »Googel einfach mal Schweine-
grippe, davon haben viele Kinder die Schlafkrankheit

gekriegt«. Außerdem herrscht nach wie vor totale Ausgangssperre, man ist verpflichtet, zu Hause zu bleiben.
Der *Guardian* bringt Artikel über den Umgang mit dem
Ende des Lockdowns, dabei dauert es noch einen ganzen
Monat, bis wir auch nur den Garten von Freunden betreten dürfen und noch mindestens sechs Wochen bis zum
nächsten Haarschnitt. Ich fühle mich perfide manipuliert
von der Behauptung, wir hätten es geschafft. Oprah interviewt Meghan und Harry, und mehrere Tage lang redet
niemand von etwas anderem. Die Graien starren wie hypnotisiert aus ihrem einen Augapfel.

~

Es hört nicht auf, immer mehr Geschichte wird aus den
Leitungen gerotzt. Sarah Everard, die abends um neun in
Clapham auf dem Heimweg war, wird tot aufgefunden.
Eine Totenwache organisiert sich: Mädchen und Blumen.
Als Zwanzigjährige habe ich auch an Demonstrationen
gegen Gewalt an Frauen teilgenommen – ich weiß noch,
wie ich mein mit Edding selbst geschriebenes, an einem
Besenstiel befestigtes Schild hochgehalten habe:

VON ALLEM, WAS AUF ERDEN SEEL UND
LEBEN HAT, DIE ALLERÄRMSTEN WESEN
SIND WIR FRAUEN DOCH. – Medea

Man hat mir hinterhergepfiffen, ich bin angegrabscht worden, aber das war vor langer Zeit, als ich noch jemand
anders war. Seit vielen Jahren habe ich mich nicht mehr
mit diesen Erinnerungen beschäftigt. Ich überlege, ob ich
zu der Mahnwache hingehen soll, tue es dann aber doch

nicht, ich weiß nicht genau, warum. Vielleicht, weil ich mich nicht mehr wie ein unschuldiges Opfer fühle – ich komme mir mitschuldig und befleckt vor, zu kompliziert, um rechtschaffenen Zorn zu verspüren. Oder vielleicht ist es auch nur die Vorstellung von den vielen Menschenleibern in unmittelbarer Nähe, oder mein Traum von der Gefängniszelle oder die Tatsache, dass ich sowieso nichts auf Instagram poste. Polizisten drücken eine maskierte Antigone zu Boden.

Ein plötzlicher Hagelsturm an diesem Wochenende wie eine Steinigung.

Die zweite Lesung eines Gesetzentwurfs, von dem ich jetzt erst auf Twitter erfahre – nun ist es zu spät. Wie kann es sein, dass alles so schnell geht? Die Regierung will alle Demonstranten, die »Störungen« verursachen, zehn Jahre lang einsperren. Mit dem Gesetz werden Black Lives Matter und Extinction Rebellion aufs Korn genommen – das Gesetz soll junge Leute treffen. Dieses Gefühl der lebendigen Welt, die immer weniger wird, knüppelt mich nieder, eine Welle der Übelkeit, Mereswogen schlagen auf tote Korallen. Ich unterschreibe eine Onlinepetition, die nichts bringt. Mir wird klar, dass Xander in der Gefängniszelle sitzen wird, nicht ich.

Aber es geht doch um mich, oder etwa nicht? Wie hat Rae es formuliert? Ich darf es mir gestatten, mich selbst wichtig zu nehmen. Selfcare. Ich-Zeit. Und tatsächlich habe ich gerade mal ein paar Minuten Zeit, also strenge ich mich an: Ich entzünde eine Duftkerze, mache zehn Minuten Onlineyoga, gönne mir, was einer Frau mittleren Alters im Jahr 2021 erlaubt ist, ohne dass ich gegen Auflagen verstoße.

Hinterher sitze ich am Küchentisch, habe ein paar wun-

derbar klare Stunden lang Zeit zum Schreiben und beschließe, jetzt tatsächlich mit dem Buch über Weissagungen anzufangen, auch wenn der Einstieg schwierig ist. Für
jedes Verfassen eines Texts ist ein geradezu lächerliches
Vertrauen in die Zukunft notwendig – dass es sie gibt und
dass in ihr jemand lebt, der meine Worte womöglich mit
Interesse lesen wird.

Aichmomantie: Weissagung aus scharfen Gegenständen

Ein Jahr seit dem ersten Lockdown. Der Premierminister gibt eine Pressekonferenz. Er bedauert nur eins, nämlich dass er damals noch nicht wusste, was er heute weiß.

Am nächsten Tag gehe ich in meinem Unibüro vorbei, um Sachen abzuholen und ein paar Stunden an einem anderen Schreibtisch zu arbeiten. Xander soll zusammen mit einem Freund nach Hause laufen. Doch als ich heimkomme, sitzt Jason am Laptop, in der Hand ein Bier, und hört sich auf Kopfhörern das Cricketspiel an, während er gleichzeitig etwas tippt. Er hört mich nicht, als ich die Tür aufschließe. Ich wasche mir gründlich die Hände, auch wenn ich ungefähr im Juni aufgehört habe, sie mir so lange zu waschen, bis ich einmal »Happy Birthday« gesungen habe. »Wo ist Xander?«

»Ich dachte, du holst ihn ab«, entgegnet er.

»Warum?«, sage ich. »Du weißt doch, dass er manchmal mit Jaden heimläuft.«

»Aha.«

»Aha? Mein Gott, Jason.«

»Was willst du denn von mir hören? Notfall Katastrophe wahrscheinlich ist er tot? Er wird noch in den Park gegangen sein.« Ich frage mich, warum Jason mich nicht einfach verlässt. Ich rufe Xander mehrmals an, aber er geht nicht dran.

»Hi, das ist Xanders körperlose Stimme«, sagt seine Voicemail. »Hinterlasst mir eine Nachricht.«

»Hier ist Mum, kannst du mich bitte anrufen? Wir hatten eigentlich gedacht, dass du schon zu Hause wärst«, sage ich. Jason zieht sich die Laufschuhe an.

»Kannst du das Handy nicht orten?«, fragt er. »Da gibt es doch diese ›Wo ist‹-Funktion, oder nicht?«

»Wie soll das gehen?«, frage ich hilflos zurück. »Gibt es so was?«

»Ach, vergiss es, ich finde ihn auch so.« Er trabt im Dauerlauf los, während ich Jaden anrufe. Die eine verdammte Elster in unserem Garten macht mich wahnsinnig. Es klingelt und klingelt. *Geh schon ran, geh schon ran.*

»Hallo, Jaden, hier ist die Mutter von Xander. Ist Xander bei dir?«

»Nein, ich gehe montags nach der Schule zu meinem Dad.«

»Oh, okay, wir hatten nur gedacht, er wäre vielleicht bei dir. Weißt du, mit wem er unterwegs ist?«

»Allein, glaube ich. Ich habe heute nicht so wirklich mit ihm geredet.«

»Es ist nur, weil er noch nicht zu Hause ist. Würdest du mir bitte Bescheid sagen, falls er dich anruft?«, sage ich so ruhig wie irgend möglich.

»Ja, geht klar, Miss.« *Miss.* Als wäre ich verdammt noch mal seine Lehrerin!

Bei Tyler ist er auch nicht. Er ist nicht in dem Park am Schulweg. Jason ruft an, um zu sagen, dass er zu einem anderen Park rüberjoggt, um dort nachzusehen. Es ist alles in Ordnung, verspricht er mir, bitte nicht weinen, er taucht gleich wieder auf. Ich rufe die Schule an, die mich an die Polizei verweist. Die Polizei findet es zu früh für eine Vermisstenanzeige, er wird einfach ein bisschen später nach Hause kommen, vielleicht hat er unterwegs noch Freunde getroffen? Ist er depressiv? Hat er sich an diesem Morgen irgendwie anders als sonst verhalten? Fehlt etwas aus dem Haus, irgendwelche Kleidungsstücke oder Gegenstände? Ich denke an Straßengangs. Den Wert seiner Sneakers. Messer. Sein Handy. Jungen, die in Treppenhäusern verbluten.

Ich spüre, wie das Leben aus mir entweicht, als sei meine Seele von einem schnell fließenden Fluss mitgerissen worden und verschwinde außer Sichtweite.

Und dann ruft Jaden mich zurück. »Miss«, sagt er. »Vielleicht gucken Sie mal auf seinem Instagram nach, auf seinem privaten Insta.«

»Was?«, frage ich kläglich, da ich keine Ahnung hatte, dass er mehr als einen Instagram Account besitzt. Einfach jämmerlich. »Kannst du es mir vielleicht vorlesen, bitte? Oder mir einen Screenshot schicken? Und bitte schick ihm eine Direktnachricht, er soll sich bei mir melden.«

»Ja, ich meine. Also, es ist nur ein Video. Kennt ja eigentlich jeder: ›Dumb Ways to Die‹?« Und ich kenne es tatsächlich: kleine, grinsende, pastellfarbene Blobs, die entweder geköpft werden oder explodieren. Der Ohrwurm des Sommers. *So many dumb ways to die.* Ich vermute, dass ich stöhne, als ich Jaden wegdrücke, weil ich weiß, dass es der bescheuertste, absolut bescheuertste Abschiedsbrief ist, von dem ich je gehört habe, von meinem kleinen Schatz.

Denk nach, DENK. Vermutlich geht Xander nicht dran, weil er sieht, dass ich es bin. Ich muss ihn von einem anderen Gerät aus anrufen. Mit zitternden Fingern schnappe ich mir das alte iPad aus dem Wohnzimmer und versuche es auf FaceTime, es funktioniert – die Verbindung wird hergestellt – ich kann ihn kaum erkennen in dem dunklen, körnigen Irgendwo. Im Reich des Hades. Und Xander, mein Sohn, stößt einen zynischen Lacher aus, als er sieht, wer es ist, und hebt die Hand, um mich wegzudrücken, und ich sehe seine Handgelenke, im Dunkeln blutverschmiert, und ich hasse dieses Gerät so sehr, diesen Dieb, ich will das iPad heulend zertrümmern und durch die Splitter des Bildschirms kriechen, um an den Ort zu kommen, wo er ist, aber er ist weg. Geschluckt vom Schlund des Geräts.

Ich brauche viel zu viele Sekunden, bis mir klar ist, was mir schon vor Minuten hätte klar sein müssen.

Die Einheit des Ortes ist das wichtigste Element der Tragödie.

Er ist nicht irgendwo dort draußen, da draußen gibt es keinen Ort, an den er gehen darf – niemanden, der ihn haben will. Er ist hier, wird mir klar, in unserem Haus, in diesem verfluchten elenden Haus, wo er immer ist. Die Nischen unter den Dachschrägen! Und ich rase die Treppe hoch wie eine wahnsinnige Mänade und kreische seinen Namen –

∼

Das Gedankenexperiment mit Schrödingers Katze besagt, dass der Versuch, etwas zu beobachten, den beobachteten Gegenstand verändert. Insofern ist Xander weder tot noch lebendig, bis ich die Schranktür öffne und ihn sehe.

Eins meiner Ichs reißt die Türklappe auf, das Ekkyklema offenbart das feuchtglänzende Küchenmesser – betrachte und prüfe und überzeuge dich ganz genau –

]

]

Armes Weib! Sie kommt zu spät, er ist verloren … kein Atem, keine Aura, ich seh den größten Jammer! …

NEIN NEIN KOMM ZURÜCK sie haucht ihm Atem ein [ ] [ ] [ ] fleht, versucht, sich aus ihrer eigenen Haut, ihrem Schicksal herauszuschreien –

GAME OVER GAME OVER

Aber in dieser Geschichte geht es nicht um sie. Unglaublicherweise bin ich das glückliche Ich mit dem anderen Schicksal: Das, das ihren Sohn wimmernd, noch mit Atem in den Lungenflügeln findet. Ich bin das Ich, das ihm die Schnittwunden mit seiner Babydecke verbindet, das 999 wählt, das den Sirenengesang vor dem Haus hört, die schnellen Schritte auf der Treppe.

Ich darf ihn auf den immer noch schnalzenden Mund küssen, flüstern: *Ich liebe dich, bleib.*

Daktylomantie: Weissagung aus den Bewegungen menschlicher Finger

Es ist so ruhig in unserem Wohnzimmer, unheimlich still, als stünde die ganze Welt draußen in Flammen.

Xander liegt auf dem Sofa und ruht sich aus. Braune Locken auf dem Kissen, müde Augen, feuchte Wangen. Seit Jason uns aus dem Krankenhaus nach Hause gebracht hat, sehen wir beide ständig nach ihm, als könnten wir nicht glauben, dass er noch da ist. Ist das unser Sohn?

Jason ist in der Küche und macht ihm ein Brot zurecht. »Soll ich den Fernseher anstellen?«, frage ich. »Willst du deine Computerspiele?« Wir wollen ihn nur noch glücklich machen.

»Nicht wirklich«, sagt Xander.

»Womit können wir dir eine Freude machen? Alles was du willst, egal, was es ist.«

»Erzähl mir einfach eine Geschichte, Mum, so wie früher.«

»Okay«, sage ich, zu Tränen gerührt. Mir ist fast schlecht vor lauter Wehmut, als ich mich neben ihn auf den Sofarand setze. Als ich nach seiner Hand fasse, spüre ich, wie sich seine Finger mit meinen verschränken, streife seinen verbundenen Puls. Unter den Fingernägeln hat er noch Blut kleben. Mir fällt auf, wie lang die Lebenslinie in seinem Handteller ist. Ich möchte zu jemandem beten: *Bitte, mach, dass das etwas bedeutet. Mach, dass es ein Zeichen ist.*

»Der Legende zufolge«, beginne ich und räuspere mich, »wollte der letzte römische König Tarquinius Superbus einer alten Frau die Sibyllinischen Bücher abkaufen. Als die Wahrsagerin dem König die neun Bücher mit Prophezeiungen zum Kauf anbot, lehnte er ab, der Preis sei viel zu hoch, sagte er. Daraufhin verbrannte die Frau drei der Bücher und bot ihm die verbleibenden sechs wieder an, zum gleichen Preis. Aber der König war dickköpfig, und er weigerte sich wieder, weil er immer noch auf einen besseren Preis hoffte. Die Sibylle sah ihn nur lächelnd an, verbrannte drei weitere Bücher und wiederholte ihr Angebot, während die Bücher noch kokelten. Erst da verstand Tarquinius endlich. Er kaufte die letzten drei Bücher zum vollen Preis.«

DANKSAGUNGEN

Ich habe sehr lange davon geträumt, Romanautorin zu werden, und bin allen dankbar, die während jahrelanger Ablehnungen immer zu mir gehalten haben. Ich schulde den Vielen Dank, die zur Entstehung dieses Buchs beigetragen haben.

Ich danke meiner Mum, die mich mein Leben lang ermutigt hat, Geschichten zu erfinden. Und Hannah, die seit mehr als zwanzig Jahren meine Freundin und Leserin ist. Ich danke meinen Agentinnen Jenny Hewson für ihren Glauben an meine Arbeit, ebenso Lucy Carson in den USA. Der Society of Authors für ein Stipendium, das die laufende Arbeit am Buch unterstützt hat. Ich danke Helen Garnons-Williams und Lauren Wein, dass sie mir eine Chance gegeben haben und die Überarbeitung des Romans so angenehm gestaltet haben. Dankeschön, Kyiah Ashton, Amy Guay und Karen Whitlock für Lektorat und Korrektorat, und Fiona Benson, dass ich aus ihrem wunderbaren Gedichtband *Vertigo & Ghost* zitieren durfte.

Ich bin weder Altphilologin noch Akademikerin; die Recherchen zu diesem Buch mussten häppchenweise online unter Pandemiebedingungen vonstatten gehen. Etwaige Fehler sind die meinen.

Dieser Roman ist keine Beschreibung unseres Familienlebens während des Lockdowns. Ich bin dankbar für meine Freundinnen und Freunde, besonders Lorna und Anna, dass sie in den düstersten Wochen für uns da waren. Meine ewige Dankbarkeit gilt Cate, Gruff und Richard für ihre Liebe und die Küchendiscos.

DANKSAGUNG DER ÜBERSETZERIN

Ich danke Ulrike Becker, Benjamin Dittmann, Tanja Handels, Hilla Heintz, Eva Kemper, Christina Kunze, Maria Meinel, Anke Wagner-Wolff und der Wikipedia, www.wikipedia.de.

ZITIERTE QUELLEN

Hannah Arendt, Vom Leben des Geistes. Das Denken. Das Wollen. Herausgegeben von Mary McCarthy. Aus dem Amerikanischen von Hermann Vetter. Ungekürzte Taschenbuchausgabe in einem Band, 1. Aufl. 1998, hier: 3. Auflage 2006, Piper, München 2006, S. 176–177.

Hannah Arendt, Vita activa oder Vom tätigen Leben. Ungekürzte Taschenbuchausgabe, Dt. Erstausgabe 1967, hier: 6. Auflage 2007, Piper, München 2002, S. 234.

Euripides, Die Dramen des Euripides, Bd. 8. Der rasende Herakles, Dt. Erstausgabe 1913, Deutsche Nationalbibliothek, Leipzig/Frankfurt am Main 2022.

Johann Wolfgang von Goethe, Goethes Werke, Bd. 3. Faust. Der Tragödie erster Teil. Herausgegeben von Ludwig Geiger. Grote'sche Verlagsbuchhandlung, Berlin 1898.

Hyginus, Fabulae. Sagen der Antike. Ausgewählt und übersetzt von Franz Peter Waiblinger, dtv, München 2007, S. 79.

Charles W. Leadbeater, Annie Besant, Gedankenformen. Aquamarin Verlag, Grafing 2021, S. 1.

Lukian von Samosata, Alexandros oder der Lügenprophet. Eingeleitet, herausgegeben, übersetzt und erklärt von Ulrich Victor. Brill, Leiden/New York/Köln 1997, S. 81, 99, 109, 129.

Friedrich Nietzsche, Nietzsches Werke, Bd. 1., Die Geburt der Tragödie: Aus dem Nachlass 1869–1873. Kröner, Leipzig 1912, S. 46.

Sylvia Plath, Ariel. Gedichte. Englisch und Deutsch. Deutsch von Erich Fried. Suhrkamp, Frankfurt am Main 1974, S. 140 (E) und S. 141 (D): »Der Erhängte«.

Gustav Schwab, Die schönsten Sagen des Klassischen Altertums. Tosa Verlag, Wien 1837, S. 186.

Zadie Smith, Betrachtungen. Corona-Essays. Aus dem Englischen von Tanja Handels. Kiepenheuer & Witsch, Köln 2020, ohne Seitenzahl (E-Book).

Sophokles, König Ödipus. Übersetzt von Adolph Wagner. Weigand'sche Buchhandlung, Leipzig 1813.

Christa Wolf, Kassandra, Luchterhand Literaturverlag, 15. Aufl., München 1985, S. 75.